La Rose d'Irlande

COLLECTION CRISTAL

1. Mélodie du Sud (C. Dompierre).
2. Le cyclone de l'amour (D. Sander).
3. La fleur de Manaus (C. Belmont).
4. Un amour secret (C. Canady).
5. Un château en Bavière (J. Voisins).
6. La duchesse en blue-jeans (C. Gordon).
7. Passion sous l'Équateur (F. Verneuil).
8. Quand chante l'Oiseau-Bonheur (A. Rodov).
9. L'héritière de la Sierra Madre (C. Dompierre).
10. Les orchidées du Portugal (V. Pommier).
11. La rose d'Irlande (K. Belair).
12. La douloureuse méprise (H. Darsac).

KATY BELAIR

La Rose d'Irlande

COLLECTION CRISTAL
PLON

Maquette de couverture : Loris.
Illustration : Pieri-Dominique Lacombe.

ISBN : 2-259-00637-X

CHAPITRE PREMIER

La porte se referma sur Mathilde. Isabelle resta seule. Elle passa ses deux mains dans ses cheveux et s'étira. Il était temps de finir ses bagages. Tout était prêt depuis trois jours. Elle n'avait qu'à rajouter deux ou trois vêtements.

Elle ne voulait pas s'encombrer et n'emportait que trois jupes, des jeans, des tee-shirts et des pulls. Elle ajouta une jupe longue, la plia et la rangea avec soin sur le dessus de la grande valise rouge.

Puis la jeune fille jeta un coup d'œil sur ce qui avait été le décor de sa vie pendant des années. Les murs blancs, la pendulette Empire bleue et blanche qui lui venait de sa mère, un poster de Hamilton, Bob, son ours en peluche, son fétiche, sa collection de vases miniatures, son électrophone, quelques disques.

Elle ouvrit un tiroir et le referma d'un geste las. Il ne contenait que des souvenirs.

Mathilde, sa tante, frappa de nouveau à la porte et passa la tête.

— Tu n'emportes pas ton pull gris ?

— Non, ma tante, merci.

Isabelle décrocha la photo de ses parents et la

contempla. Aujourd'hui, pour la première fois, elle se rendit compte qu'elle n'avait plus mal.

Pierre et Nicole Marchand posaient, l'air un peu embarrassés, devant la belle voiture neuve qu'ils venaient d'acheter ; comme pour consacrer la bonne marche et la réputation du restaurant familial.

Pierre s'était défendu :

— Ce sera une voiture pour tous les jours, pas seulement une voiture pour le dimanche !

C'était pourtant un dimanche que la belle voiture verte avait percuté un arbre, sur une longue ligne droite des Landes. Depuis ce jour-là, Isabelle haïssait les dimanches.

Deux gendarmes s'étaient présentés chez Jean et Mathilde, l'air grave. Isabelle attendait chez eux le retour de ses parents, partis déjeuner chez des amis. Mais les gendarmes avaient dit, avec des mots maladroits, que Pierre et Nicole ne reviendraient jamais.

Isabelle avait quatorze ans. Elle était demeurée prostrée pendant des jours et des jours, sans boire, sans manger, sans même parvenir à pleurer.

Jean et Mathilde s'étaient alors occupés d'elle. Eux qui n'avaient pû avoir d'enfants s'étaient dévoués corps et âme à cette nièce triste et belle qui leur tombait du ciel. Ils n'étaient pas riches. Ils vivaient du seul salaire de Jean, contremaître dans une usine de Pessac. Mais ils mirent un point d'honneur à élever Isabelle comme ses parents souhaitaient qu'elle le fût.

Elle continua de fréquenter un cours privé,

d'apprendre à monter à cheval et de prendre des leçons de piano. Son professeur disait qu'elle était douée. Mais elle en riait. Elle voulait être interprète d'anglais. Elle aimait et parlait assez bien cette langue. Isabelle rouvrit sa valise et y jeta son dictionnaire. Elle avait failli l'oublier. Elle posa ses bagages par terre et les soupesa. Il fallait prendre garde à ne pas dépasser les vingt kilos autorisés par les compagnies aériennes. Elle n'emporterait aucun des livres qu'elle avait aimés.

Au moment de passer son bac, Isabelle avait abandonné ses cours, malgré les objurgations de Jean et Mathilde. On lui offrait alors de devenir l'assistante du directeur d'une maison d'édition spécialisée dans les livres rares. Elle avait dit oui sans hésiter. Elle y était mal payée, mais gagnait son argent à elle : de quoi rester indépendante.

Le jour où elle ramena son premier salaire à Mathilde fut sans doute le plus beau de sa vie. Elle se sentait bien chez Bernard Laville, l'éditeur. Il avait un goût très sûr qu'il aimait à faire partager. Et Isabelle appréciait le contact du beau papier, des peaux dans lesquelles se taillaient les reliures, comme elle aimait voir l'application apportée par les compagnons de l'éditeur à leurs tâches quotidiennes.

Elle admirait sincèrement cet homme bon et loyal. Il lui faisait parfois ce qu'il appelait lui-même « des propositions malhonnêtes ». D'abord offusquée, elle s'était vite rendu compte qu'il s'agissait de blagues.

Et puis un jour Bernard Laville avait réuni tout son personnel. Il ne pouvait plus faire face à ses échéances ! Le livre rare se vendait de plus en plus mal. Il aurait fallu des capitaux frais. Dans ces conditions, il valait mieux tout arrêter ! Chacun toucherait intégralement ce qui lui était dû. Il essaierait de recaser ceux qui le lui demanderaient.

Il avait ensuite demandé si « personne n'avait de question à poser ». Mais non personne n'avait rien à dire. La nouvelle était trop brutale. Alors Bernard Laville était parti lentement vers son bureau. Et ses employés, en quittant la maison, aperçurent sa silhouette appuyée contre son bureau, comme cassée en deux.

A dix-neuf ans, Isabelle se trouvait au chômage. Jean et Mathilde s'en réjouirent presque. Elle leur revenait. Mais la jeune fille avait goûté à la liberté. Elle se mit à chercher un autre emploi. Elle lut bientôt dans *Sud-Ouest,* le quotidien régional, une annonce qui l'intrigua : « Vieille dame irlandaise cherche jeune fille française au pair. Vie simple. Connaissance de l'anglais pas nécessaire. Amour des chevaux indispensable. Ecrire : Kimberley Castle, Glengariff, Co Cork, Eire. »

Isabelle avait répondu. Elle fut engagée par retour du courrier. La lettre était courtoise, sans fioritures inutiles. Elle précisait que la « vieille dame » s'appelait Mildred, qu'elle n'avait que 64 ans, mais qu'elle ne pouvait plus guère se déplacer. Elle avait sept enfants, vivant tous à Kimberley, et les Finnegan élevaient les meilleurs chevaux d'Irlande.

Mildred ne disait rien de plus ; mais elle précisait que la candidature d'Isabelle avait été retenue parce qu'elle savait monter à cheval. Et elle terminait en souhaitant que la jeune fille, désormais attendue avec impatience, arrivât le plus tôt possible. Il ne restait à Isabelle qu'à prendre son billet d'avion pour Cork, via Paris.

Mathilde avait longuement pleuré ce jour-là. Isabelle avait expliqué, rassuré, plaidé. Mathilde s'était laissée convaincre, Jean avait affecté de trouver normal qu'elle s'en aille, non sans avoir longuement expliqué les dangers qui attendaient une jeune fille à l'étranger. Touchée par leur détresse elle avait mêlé ses larmes à celles de sa tante. Mais les dés étaient jetés.

Elle regarda sa montre. Dans deux heures, il faudrait qu'elle soit à l'aéroport. Elle se maquilla un peu pour passer le temps, et entreprit de se limer les ongles. Elle se coiffa ensuite soigneusement, rangea une dernière fois son sac et ouvrit la porte, sa valise à la main.

— Je suis prête.

Mathilde essuya ses mains sur son tablier.

— Mais il est trop tôt.

— Je sais ; je préfère attendre à l'aéroport.

— Comme tu veux...

Le trajet jusqu'à Merignac fut vite avalé. Isabelle regardait avec indifférence cette route qu'elle connaissait si bien et les banlieues aux noms familiers. Les maisons basses aux toits de tuile, les publicités pour les grands vins de la région, les « zones industrielles », tout cela lui parut loin. Elle était déjà ailleurs.

A Merignac, son visage s'éclaira quand elle reconnut Luc Mercier traînant, l'air faussement détaché, parmi les groupes que l'on rencontre dans tous les aéroports du monde. Luc était son meilleur ami. Il aurait voulu être autre chose. Mais Isabelle s'y était toujours refusée. « Je vous aime beaucoup, Luc, lui disait-elle, mais je ne vous aime pas assez pour vous épouser. »

« Je vous attendrai, Isabelle, aussi longtemps qu'il le faudra ! » Il le lui redit maladroitement, très vite, tandis qu'elle faisait enregistrer sa valise pour Paris. Luc avait les yeux rougis par l'émotion. Jean et Mathilde se tenaient en retrait. Ils auraient vu d'un bon œil des fiançailles entre Luc et leur nièce et espéraient toujours que la constance du jeune homme finirait par avoir raison d'Isabelle.

Celle-ci regarda son soupirant avec un sourire un peu plus ému qu'elle ne l'eût voulu.

— Au revoir, Luc, je vous enverrai une carte dès que je serai arrivée.

Il la prit dans ses bras, mais elle tourna la tête comme il l'embrassait et il dut se contenter de déposer le plus chaste des baisers sur ses joues.

Isabelle se dirigea vers Jean et Mathilde. Elle ne voulait pas pleurer. Elle ne voulait pas les voir pleurer. Jean lui glissa deux gros billets dans le creux de la main. Elle n'osa pas dire non, mais elle savait que c'était pour lui une somme considérable. Pour en finir, elle entra dans la salle d'attente réservée aux passagers. Elle s'y sentit horriblement seule...

A Paris le ciel était gris et triste. Il fallut retirer ses valises, passer d'Orly-Ouest à Orly-Sud, attendre, enregistrer ses bagages pour Cork, manger lentement un mauvais sandwich, se débarrasser d'un dragueur hirsute et triste, attendre encore.

L'avion vert et blanc d'Aer Lingus, frappé du trèfle irlandais, était à l'heure. Isabelle s'y installa confortablement. Elle qui n'avait jamais pris l'avion avant ce matin-là se comportait comme une habituée des grands vols internationaux. Elle sourit à l'hôtesse.

L'appareil prit son élan dans un nuage de pluie.

Isabelle regarda la piste défiler de plus en plus vite. Elle ne reviendrait peut-être pas en France avant longtemps. Et cette grisaille qui filait derrière elle à deux cent cinquante à l'heure dans un hurlement de réacteurs emballés, ce serait la dernière image d'une partie de sa vie.

Après un copieux déjeuner et une tasse de café, l'hôtesse annonça que le DC 9 se poserait dans quelques minutes à Cork. Isabelle se pencha vers le hublot. Elle eut comme un éblouissement.

Une grande prairie rectangulaire, d'un vert comme elle n'en avait jamais vu, s'étendait sous les ailes de l'appareil. Bordant la prairie piquetée de moutons blancs une longue plage de sable doré, vide, semblait inciter à la paresse, au rêve, mais aussi à quelque secrète violence.

Heureuse soudain, Isabelle sourit à son voisin, qui ne cacha pas sa surprise. Il avait en effet tenté de lier conversation avec la jeune fille peu après le décollage, mais elle avait affecté de ne pas comprendre l'anglais.

L'avion cahota jusqu'aux bâtiments neufs de l'aéroport. Isabelle se leva pour rassembler ses gants, son sac et son imperméable. Puis elle prit rang dans la foule des passagers. C'étaient en majorité des hommes d'affaires, attirés par les avantages que l'Irlande moderne consentait à d'éventuels investisseurs.

Certains d'entre eux avaient remarqué la beauté discrète de la jeune fille : une silhouette fine et déliée, un visage à l'ovale parfait, une bouche bien dessinée, des yeux noirs étincelants d'humour et de vivacité, des cheveux blonds bouclant naturellement sur les épaules.

Une fois dehors, elle chercha des yeux Tom Finnegan. Il serait coiffé d'une casquette à carreaux et tiendrait un parapluie rouge et bleu à la main, avait écrit Mildred. Mais des Tom Finnegan, elle en vit partout ! Nombre d'Irlandais ne se déplacent que coiffés d'une casquette et porteurs d'un parapluie...

— Miss Marchand, je suppose ?

La question était posée en français, avec un épouvantable accent gaëlique. Tom Finnegan lui broya la main et entreprit de lui dire qu'il était heureux de faire sa connaissance, que l'Irlande était le plus beau pays du monde (« Après la France », corrigea-t-il), qu'il allait s'occuper des bagages, qu'elle avait de la chance, qu'il faisait très beau, que toute la famille l'attendait, qu'on était tellement content de faire sa connaissance, qu'il ne fallait pas faire attention à lui, qu'il parlait trop...

Il était sympathique, Tom Finnegan. Un visage de solide buveur de bière, de grands yeux bleus candides, une tignasse ébouriffée sous la fameuse casquette, et des épaules de rugbyman.

Isabelle eut envie de lui demander si ses quatre frères et ses deux sœurs lui ressemblaient. Mais elle avait le temps de voir. Ce soir elle serait fixée.

Quand Tom eut fini de charger les bagages à l'arrière du vaste break familial, Isabelle, pour la troisième fois de la journée, boucla sa ceinture. Elle était soudain fatiguée et tendue.

— Une heure et demi de route, annonça Tom.

Elle se laissa aller contre les coussins et somnola. Le garçon se concentrait sur sa conduite : la route de Cork à Macroom et Killarney était encombrée.

Un coup de frein sortit Isabelle de sa demi torpeur. La Vauxhall venait de freiner devant deux grands poneys qui trottaient sur le macadam, crinière au vent. Ils étaient libres. Tom les suivit sans s'émouvoir, jusqu'à ce que les deux bêtes prennent le galop et se jettent sur le côté dans un grand élan fauve et heureux.

— Les animaux sont partout en liberté, demanda Isabelle ?

Tom eut l'air étonné :

— Oui, bien sûr.

La jeune fille sourit. Décidément, ce pays lui plaisait. Bernard Laville lui en avait naguère parlé avec tendresse ; elle comprenait aujourd'hui pourquoi. Et les publicités qu'elle avait vues dans des magazines l'avaient souvent fait rêver.

Tom relança la voiture. De chaque côté de la route défilaient des arbres d'un vert tendre, des buissons de mûriers, et toujours des prairies. A n'en plus finir. Le soir qui tombait sur les collines était doux et éclatant à la fois. Tom sourit à sa passagère.

— Ça vous plaît ?

— Oh oui !

Mais elle ferma les yeux et, cette fois sans s'en rendre compte, s'endormit pour de bon. Pas longtemps. Et quand la voiture s'arrêta de nouveau, sans raison apparente, dans un tout petit village au bord de la route, elle crut qu'ils étaient arrivés. Mais il lui fit signe de ne pas bouger.

— Attendez-moi une minute, s'il vous plaît. Il faut simplement que j'aille chercher mon frère Fergus. Il est venu ici pour affaires. Je l'ai déposé avant d'aller à l'aéroport.

Il pénétra dans un pub qui portait une vieille enseigne usée : *The Red Lion...* le Lion Rouge, lut Isabelle. Des bribes de musique lui parvinrent en même temps que le tintamarre des verres et des conversations. Elle eut envie de rejoindre son hôte. Mais la porte s'ouvrit à nouveau. Tom réapparut.

Il était suivi d'un grand garçon brun au visage clair, mince et dur, bâti lui aussi en athlète. Il portait une chemise de toile largement ouverte sur la poitrine, une veste de velours, des jeans et de hautes bottes de caoutchouc noir.

L'arrivant lui fit penser immédiatement à des photos qu'elle avait vues : à l'enterrement de tel ou tel membre de l'IRA, l'armée secrète irlandaise, des hommes semblables à celui-ci, grands, vêtus et gantés de noir, le visage masqué de lunettes noires, montaient la garde près du cercueil, défiant le monde entier.

Fergus tendit la main à Isabelle sans lui sourire et grommela un vague « Welcome in Eire » (1) qu'elle saisit à peine.

Il ne l'avait pas regardée. Il ouvrit la portière arrière de la Vauxhall, s'installa confortablement, alluma une cigarette et ne bougea plus. Tom lança le moteur et, très vite, s'engagea sur une route très sinueuse. Un silence pesant s'installa dans la voiture.

Isabelle referma les yeux. Puisque Fergus ne voulait pas lui adresser la parole, ce n'était certes pas à elle de faire les premiers pas. Elle avait hâte d'arriver. Elle sentait la fatigue du voyage peser sur tout son corps. C'était beaucoup de dépaysement pour quelqu'un qui n'avait jusque-là jamais quitté la région bordelaise !

Fergus tendit soudain la main pour enfoncer l'allume cigare au tableau de bord. Elle écarta un peu son épaule droite. Il ne s'excusa pas, attendit que l'appareil rougeoie, alluma sa cigarette et souffla une grande bouffée de fumée vers le plafonnier. Isabelle toussa malgré elle. Il condescendit à grommeler :

— *Excuse me.*

Elle se tourna vers lui et sourit.

— Est-ce que vous parlez le français ?

— Chez les Finnegan, nous parlons tous le français.

C'était Tom qui avait répondu.

— Oui, confirma simplement Fergus.

(1) Bienvenue en Irlande.

Le silence retomba, seulement troublé par le bruit du moteur. Les phares dévoraient le noir, révélant des murettes de pierres de tailles inégales et, de-ci de-là, un lapin ébloui. Isabelle sentait dans son dos la présence lourde, charnelle, pesante, de Fergus ; il tirait sur sa cigarette, indifférent à tout.

Une plaque apparut dans les phares : Glengariff.

— Nous y sommes, dit Tom.

Il braqua. La voiture attaqua un chemin étroit, empierré, cahoteux. Une lumière brilla dans la nuit. Des chiens aboyèrent. Le moteur s'arrêta.

Isabelle ouvrit sa portière et sortit. La mer étincelait devant elle, et les étoiles eurent l'air de lui faire un clin d'œil.

CHAPITRE II

Kimberley était un grande bâtisse grise flanquée de deux tours octogonales du XVIe siècle. De nombreuses fenêtres à carreaux anciens éclairaient la façade. Devant le château, une immense pelouse descendait jusqu'à la mer. Derrière, de grandes écuries ultra-modernes s'alignaient de part et d'autre d'une allée centrale soigneusement sablée.

Fatiguée par son long voyage, désarçonnée par l'attitude de Fergus, intimidée, Isabelle suivit les deux frères dans le grand salon de Kimberley. Tom portait sa valise. Un feu de grosses bûches odorantes brûlait dans la cheminée, illuminant les tentures anciennes pendues aux murs. De lourds meubles de bois patinés donnaient à la pièce un aspect chaleureux et confortable malgré leur austérité.

— Soyez la bienvenue, mon enfant.

Isabelle n'avait pas vu Mildred. Assise sur son fauteuil roulant, la châtelaine de Kimberley avait un visage avenant et doux, couronné de cheveux blancs coiffés en chignon. Ses yeux étaient bleus, brillants et malicieux.

— Avez-vous fait bon voyage ?

— Oui, madame.

Mildred parlait un français convenable, en roulant les r, en bonne gaélique qu'elle était.

— Vous êtes la bienvenue. Mais nous ferons connaissance à table, dans cinq minutes. Mary va vous montrer votre chambre.

Mary avait dix-sept ans. C'était la dernière des Finnegan. Elle prit Isabelle par le bras et empoigna la valise rouge.

— My french is très mauvais, dit-elle.

Les deux jeunes filles éclatèrent de rire. Isabelle suivit sa nouvelle amie dans l'immense escalier de bois sculpté qui menait au premier étage. Sur les murs boisés, de sévères portraits d'ancêtres.

La chambre d'Isabelle était immense, mais joliment meublée. Mary poussa le volet. La mer étincelait sous les étoiles et un rossignol chantait.

— Je viens chercher vous dans five minutes for dinner, dit Mary.

Isabelle lui sourit. Elle aimait déjà cette maison et cette drôle de famille. Elle ouvrit sa valise, en tira sa trousse de toilette, se donna un coup de peigne : ce premier repas l'inquiétait. Ferait-elle bonne impression ?

Quand elle apparut avec Mary, les cinq garçons et Maureen, l'autre fille, étaient debout à côté de leur mère. A l'exception de Fergus, ils souriaient tous. Mildred fit les présentations.

— Fergus, que vous connaissez, David, le cadet, Gregory, Harry, et Tom que vous connaissez aussi. Maureen enfin. Chacun, Tom et Fergus compris, s'inclina devant la jeune fille. Maureen lui serra la main.

Celle-ci était très belle. Grande, mince, rousse, et les yeux bleus des Finnegan, avec un côté altier et familier à la fois.

Mildred présidait le repas. Fergus était à sa droite. Isabelle, entre David et lui, éprouvait quelque mal à suivre la conversation. Les Finnegan étaient bavards, enjoués et, malgré la présence de leur invitée, mêlaient sans arrêt le gaélique à l'anglais.

— Dites-moi comment est la France, demanda David entre deux bouchées de truite (c'est moi qui les pêche, précisa-t-il).

David était plus petit et plus trapu que Fergus. Il possédait le charme Finnegan, mais il s'y mêlait un côté brutal et renfrogné.

— La France, vous savez, c'est...

Il l'interrompit :

— Toutes les Françaises sont-elle aussi belles que vous ?

David la regardait, ironique. Mais Isabelle se rendit compte qu'il ne plaisantait qu'à moitié. Il était tranchant et direct. Elle essaya de rire. Elle n'aimait pas ce genre de conversation. Mildred et Fergus écoutaient.

— Et les hommes, comment sont-ils ?

— Je n'en sais rien.

— On dit que toutes les Françaises sont ravissantes. Cela m'a tout l'air d'être vrai. Mais vous, mademoiselle, qu'est-ce qui peut diable bien vous attirer en Irlande ?

Cette fois, c'était Fergus qui intervenait. Il regardait Isabelle d'un air railleur et perplexe.

— Je viens en Irlande pour voir si les Irlandais ont aussi mauvais caractère qu'on le dit, s'ils sont aussi roux qu'on le dit, s'ils sont aussi gentlemen qu'on le dit…

Mildred éclata de rire, aussitôt suivie par tout le reste de la famille, à l'exception de David et de Fergus.

Mildred Finnegan paraissait ravie.

— Bonne réplique, young lady ! Ne vous laissez jamais faire par cette bande de fous et de folles que sont mes enfants. Et soyez assurée que nous vous trouvons tous très sympathique. Maintenant, excusez-moi, je vais me coucher. Voulez-vous m'aider ?

Isabelle se leva et poussa le fauteuil de la vieille dame. Elle vit qu'elle souffrait, mais se garda de faire des commentaires. La chambre de Mildred se trouvait au rez-de-chaussée. La jeune fille y fit pénétrer la maîtresse de maison.

— Merci Isabelle, bonne nuit.

Isabelle pensait l'aider à se coucher, mais c'était apparemment inutile. Elle s'apprêtait à fermer la porte quand Mildred la retint.

— Isabelle, vous savez, mes fils sont gentils. Mais parfois un peu brusques. N'y faites pas trop attention. Je suis sûre que tout ira bien. Je suis très contente que vous soyez là. Bonne nuit et à demain…

***

Isabelle s'éveilla très tôt à cause du silence de la maison. Elle s'habilla rapidement, coiffa ses cheveux en queue de cheval et descendit. Dans la grande salle, une jeune fille de son âge la salua en anglais.

— Bonjour. Je suis Patty. Voulez-vous une tasse de thé ?

— Oui merci. Tout le monde est déjà levé ?

— Oh oui, à cause des chevaux. Il y a longtemps qu'ils sont tous dehors. Le breakfast est à 8 h 30...

Isabelle sortit sur la terrasse. La baie scintillait au soleil devant elle. Elle fit quelques pas au hasard et se retrouva devant un grand pré. Plusieurs chevaux y jouaient en liberté.

Même ignorante elle eût aimé ces alezans galopant au soleil du matin dans l'herbe et la rosée de printemps.

— C'est beau n'est-ce pas ?

L'homme qui venait de parler était âgé, couvert de rides et de cicatrices. Il souleva sa casquette.

— Je suis Fiach O'Brien. Vous êtes sans doute la jeune fille qui vient de France ?

Isabelle lui tendit la main. Il la prit et sourit largement.

— Si vous aimez les chevaux, nous allons bien nous entendre. Vous savez monter ?

— Oui, un peu.

— C'est bien, vous savez, miss, vous êtes devant le plus bel élevage d'Irlande, je ne crains pas de le dire. Et par Dieu, je voudrais bien qu'on me prouve le contraire, foi d'O'Brien.

Le vieil homme cracha vigoureusement par terre. « Excusez-moi, mademoiselle ! »

— Vous voulez bien me montrer les écuries ?

Isabelle était impatiente de tout voir. Elle

suivit Fiach vers les stalles blanchies à la chaux. Des têtes de chevaux dépassaient de certaines d'entre elles, mais la plupart étaient vides. Isabelle se rappela que les chevaux vivaient en liberté.

Elle entendit soudain des hennissements furieux mêlés à une voix d'homme grave et ferme, se dirigea vers un enclos qu'elle n'avait pas vu. Un jeune étalon ruait comme un fou, se cabrait et faisait des bonds sur place pour se débarrasser de son cavalier ; celui-ci serrait les jambes, essayant de maîtriser sa monture en même temps qu'il lui parlait.

C'était Fergus. Son dos restait droit malgré les efforts du cheval pour le jeter bas et il continuait de lui parler avec douceur. L'animal couvert d'écume se calma brutalement, avec un long frémissement des jambes. Fergus en profita pour sauter au sol d'un geste souple. Il portait de grandes bottes de cuir noir et une vieille casquette de tweed enfoncée sur les yeux.

— Vous voulez essayer ? dit-il à Isabelle.

— Non merci. Je ne tiendrais pas deux secondes.

— Mais vous savez monter à cheval, n'est-ce pas ?

Isabelle se rappela que c'était la principale des raisons qui avait motivé son engagement à Kimberley.

— Je sais monter à cheval, mais je ne sais pas dresser les poulains, si c'est ça que vous voulez savoir.

— Oh moi, ça m'est égal !

Fergus haussa les épaules et se tourna vers Fiach.

— Je le reprendrai demain, tout doucement, mais il faudra qu'il s'y fasse. Sinon, tu serreras davantage la gourmette.

Il s'éloigna d'un pas rapide, sans un mot de plus, comme si Isabelle n'existait pas !

Elle retrouva l'aîné des Finnegan à table quelques instants plus tard. Toute la famille était là, encore une fois groupée autour de Mildred. Patty servit des œufs brouillés ; des toasts attendaient les convives, ainsi que des petites saucisses et une sorte de pain maison moelleux à souhait.

— Tu as eu du mal avec Ballymore ce matin ? demanda Gregory à Fergus.

— Non pas spécialement, pourquoi ? Il est encore tout jeune, mais je crois qu'on en fera quelque chose et qu'on pourra en tirer un bon prix. C'est un beau cheval.

— A condition qu'on ne le bousille pas !

David avait parlé d'une voix sèche et coupante. Sans regarder Fergus.

— Tu crois que tu ferais mieux ? demanda Fergus tranquillement.

— Peut-être pas. Mais père n'aurait pas aimé qu'on le prenne comme ça.

— Père est mort. Et si tu crois que tu peux me donner des leçons pour dresser les chevaux, vas-y, ne te gêne pas.

Mildred soupira :

— Vous n'avez pas fini de vous chamailler ? Chacun fait comme il l'entend, chacun a sa manière de monter. L'essentiel, c'est que nous continuions à assurer la réputation de l'élevage Finnegan.

David se leva de table et s'adressa à Isabelle :

— Je fais un tour dans le domaine ce matin. Si Mildred permet, je vous emmène.

Fergus leva les yeux vers son frère. Maureen aussi regarda David, mais s'abstint de tout commentaire et plongea le nez dans son assiette.

— Bonne idée, dit Mildred ; cela vous plaît, Isabelle ? Profitez de cette belle journée et allez voir le domaine. Il y a beaucoup de chevaux en ce moment et c'est au printemps que l'Irlande est la plus belle.

... Kimberley parut très grand à Isabelle. Des prés et des prés, des collines, des bois : le tout était soigneusement entretenu. Les allées étaient impeccables. David conduisait une vieille Land Rover avec désinvolture, coupant parfois à travers champs et désignant à la jeune fille ce qui lui paraissait important.

Isabelle s'intéressait aux explications de son hôte, mais quand la main de celui-ci se posa comme par mégarde sur son épaule, elle prit soin de ne rien manifester, puis se déroba.

— Qu'est-ce que vous pensez de la famille ? demanda David à brûle-pourpoint.

— Je pense que vous êtes tous extrêmement sympathiques. C'est un peu comme cela que les Français s'imaginent les Irlandais.

— Alors vous n'êtes pas déçue ?

— Non, pas du tout, au contraire.

— Avez-vous laissé un fiancé en France ?

— Si j'avais un fiancé, je ne l'aurais certainement pas laissé, ni en France ni ailleurs.

Un grand sourire éclaira le visage de David.

— Alors vous êtes une femme libre ?

— Je suis une jeune fille libre de faire ce qu'elle veut, mais quand elle le veut. Et je crains que le problème de ma liberté ne vous regarde pas, David.

— Je ne voulais pas dire ça. Excusez-moi.

Le visage du jeune Irlandais rougit violemment.

Il donna un grand coup de volant et reprit le chemin de Kimberley.

— David, je suis très heureuse d'être avec vous tous et je ferai tout ce que je pourrai pour que tout aille bien. Mais je suis aussi indépendante qu'une Irlandaise.

— Vous vous trompez. En Irlande, les femmes font ce que les hommes souhaitent qu'elles fassent. En tout cas, cela a toujours été comme ça chez les Finnegan...

Isabelle lui sourit. Mais il demeura silencieux jusqu'au château.

David la déposa devant le perron sur un vague « à tout à l'heure ». Elle remonta dans sa chambre faire sa toilette, poussa la porte et entreprit de mettre de l'ordre quand elle entendit un murmure de voix de l'autre côté de la cloison. Son nom fut prononcé. Elle refusa d'abord d'écouter, par discrétion. Mais le mot « Isabelle » revint.

Elle resta debout au milieu de la pièce, n'osant plus bouger. Si quelqu'un la surprenait en train d'écouter une conversation le jour de son arrivée !... Elle en mourrait de honte...

La première des deux voix était celle de Patty. Isabelle ne put identifier la seconde.

— Oui, elle est jolie, disait Patty. Et elle a l'air très gentille. Ce matin je lui ai parlé ; elle connaît l'anglais et elle m'a paru très comme il faut. C'est pas une de ces filles de rien du tout ! Il paraît qu'en France elles sont pas toutes comme ça ?

— Moi, je voudrais bien savoir avec qui elle va sortir le jour du bal Glengariff. Faudra quand même bien qu'il y en ait un qui l'emmène ?

— Tu peux être sûre que ce ne sera pas Fergus !

— Et pourquoi ?

— Tu sais bien.

— Ah... tu crois vraiment ?

— Elle risquerait de déclencher la guerre !

— Non, sûrement pas. C'est une fille qui sait se tenir, moi je te le dis, Patty, elle saura comment faire avec eux.

— Même avec David ?

— Même avec David ! Et je suis sûre que personne n'y touchera.

A ce moment-là, Isabelle laissa tomber la brosse qu'elle tenait à la main. Cela fit un bruit qui lui parut énorme. Elle rougit comme si quelqu'un pouvait la voir et se mit à vider frénétiquement sa valise.

On frappa à la porte. C'était Patty.

— Je peux vous aider à quelque chose, miss Marchand ? Vous savez, il ne faut pas hésiter.

— Vous êtes toute seule pour vous occuper

de cette grande maison? demanda Isabelle.

— Non. Il y a aussi ma copine Maggy : elle vient tous les jours de Glengariff. Mais moi j'habite ici. C'est plus facile.

C'était donc Maggy qui parlait avec Patty?

— Vous trouvez la maison trop grande, miss Marchand?

— Oh non. C'est simplement que je me demandais comment vous pouviez faire. Je crois qu'il y a énormément de travail.

— Oui, mais maintenant, vous allez vous occuper un peu de Madame Mildred; cela arrangera tout le monde. Mais vous aurez du mal.

— Pourquoi?

— Madame Mildred déteste qu'on s'occupe d'elle! Avant sa chute de cheval, que Dieu me pardonne, c'était la femme la plus active d'Irlande. Toujours debout la première et couchée la dernière. Elle a eu le temps de faire tous les enfants que vous avez vus là, de tenir la maison et, jusqu'à la mort de Randy Finnegan, son mari, elle tenait tous les comptes.

Maintenant, elle ne tient plus les comptes, mais c'est toujours elle la patronne, faut pas vous faire des illusions là-dessus.

— Oh je ne m'en fais pas. Je trouve Madame Mildred très sympathique. Je suis très heureuse de travailler avec elle. Et avec vous tous, ajouta-t-elle après un tout petit temps.

Patty fut sensible à la nuance.

— Nous aussi, Miss Marchand, vous pouvez me croire. Et ces messieurs Finnegan seront tous très heureux... même ceux qui n'ont l'air de rien.

Patty éclata de rire et s'enfuit en courant, dans un grand frou-frou de jupes grises.

CHAPITRE III

Le soir, alors que le dîner tirait à peine à sa fin, on sonna à la porte. Les chiens aboyèrent gaiement : un ami arrivait.

Gregory se leva et alla ouvrir. Une exclamation de joie lui échappa.

— Sean ! Quelle bonne idée ! Quelle merveilleuse idée !

Tout le monde s'était levé.

— Maman, c'est Sean, s'exclama Mary.

— J'ai bien entendu. Approche mon garçon. Harry, remet des bûches dans le feu. Tom, va chercher toute la bière qu'il faut. Sean, assieds-toi.

L'homme s'assit sur un tabouret de bois assez bas. Il déplia son accordéon et s'étira. Tom lui apporta une grande bière, Gregory vint s'installer à ses côtés. Il cala devant lui un petit tambourin et préluda doucement en tapant avec ses mains sur la peau tendue.

Alors Sean joua. D'abord une longue complainte triste où il était question de marin perdu en mer alors qu'il était parti quérir le cœur de sa belle. Puis, une autre chanson, plus violente, qui parlait, elle, de fusils et de liberté.

— L'hymne de l'IRA (1), dit Tom à Isabelle.

Les garçons se mirent instinctivement à fredonner l'air tant de fois entendu. En tout Irlandais même du Sud, il y a toujours un guerrier qui sommeille.

Mais Sean passa rapidement sur la chanson patriotique et son accordéon frémit quand il attaqua « la ballade de Brendan » belle, lente, nostalgique comme un poème d'amour dit à mi-voix.

Isabelle s'était rendue compte que de nombreuses personnes étaient venues se joindre aux Finnegan. Chacun des arrivants saluait Mildred d'un signe de tête et elle rendait le salut avec un sourire. Personne ne parlait plus, pour ne pas interrompre le chanteur et les musiciens. Tom faisait circuler les pots de bière qui se vidaient aussi vite qu'ils arrivaient... ou presque.

Il y avait là tous les employés de Kimberley, une dizaine de lads aux trognes enluminées et quelques jeunes filles couvertes de tâches de rousseur.

Toutes et tous regardaient Isabelle avec curiosité, mais la jeune fille ne perçut qu'un intérêt amical dans leurs regards et sa timidité s'évanouit rapidement.

Quand Sean attaqua « Un petit bout de ciel », l'assistance reprit le refrain en chœur, puis elle enchaîna. Les hommes s'étaient levés et regroupés. Une véritable chorale s'improvisait. Les voix étaient belles et justes.

(1) Armée secrète irlandaise.

— Vous chantez mieux que les Français, chuchota Isabelle à Tom.

Le jeune homme eut l'air flatté.

— C'est parce qu'il n'y aurait pas d'Irlande sans chanson. Et sans bière, ajouta-t-il en tendant un verre à Isabelle qui le refusa. La Guiness nationale était trop lourde pour elle qui ne buvait pratiquement jamais.

Soudain, les sons durs d'une guitare s'élevèrent. Il se fit un brusque silence. Maureen avait calé son instrument contre elle et préludait lentement, avec sûreté et délicatesse. Elle savait jouer !

Sa voix s'éleva dans un silence de cathédrale, à peine troublé par l'éclatement de quelques branches dans la cheminée. Elle disait, la chanson de Maureen, une impossible histoire d'amour. « La rose de Tralee », souffla Tom à Isabelle.

... Il y avait une fois à Tralee une jolie modiste nommée Mary O'Sullivan, et William Mulchinock, qui était compositeur, écrivit pour elle de merveilleuses chansons ; il était tombé amoureux de Mary au premier regard. Mais, malgré la superbe et romantique ballade qu'il lui dédia, Mary O'Sullivan donna sa main à un policeman...

C'était la ballade de l'amoureux éconduit que Maureen chantait. La voix de la jeune fille était un soprano léger, comme impalpable, et les mots d'amour que William Mulchinock avait dédiés à la petite modiste volaient par toute la grande pièce, se cognaient aux poutres noircies, redescendaient. Personne ne bougeait plus.

Ce n'était plus la chanson de William et Mary qu'accompagnait sa guitare mais celle de toutes les amours mortes, de tous les cœurs tristes de la terre.

Maureen ne se rendait même plus compte qu'on l'écoutait.

Elle chantait comme seuls peuvent chanter ceux qui ont très mal, avec son corps, son cœur, et toute son âme.

Isabelle vit que deux larmes coulaient sur le visage de Mildred. Fergus était d'une pâleur de cire. Il se tenait droit au bord d'un banc de bois accoté au mur, près de la cheminée. Chacun des mots de sa sœur semblait pénétrer en lui avec une force douloureuse.

Isabelle en fut étonnée. Elle ne le croyait pas aussi facilement accessible à des choses simples comme une chanson d'amour. Elle ne croyait pas que des mots puissent avoir un tel impact sur un homme de sa trempe.

Maureen finissait « La rose de Tralee ». Les dernières notes moururent comme un sanglot trop longtemps réprimé, et quand la jeune fille repoussa légèrement sa guitare devant elle, il y eut un long silence que personne ne se hasarda à rompre.

Sean ne laissa pas longtemps son monde en repos. Gregory et lui se lancèrent aussitôt dans une sorte de bourrée endiablée que l'assistance reprit en chœur. Les chopes de bière que Tom servait généreusement se remirent à circuler. Mildred était seule dans son fauteuil. Isabelle s'approcha d'elle.

— Désirez-vous quelque chose, Mildred ?

— Non rien, merci. Je désire seulement que tous mes enfants soient heureux. Mais le bonheur n'a jamais été la principale caractéristique des Finnegan.

— Maureen chante merveilleusement bien, je l'ai trouvée extraordinaire.

— Allez le lui dire, cela lui fera plaisir.

Maureen jeta un étrange et gentil regard à la jeune Française.

— Nous autres Irlandais, nous chantons bien parce que nous chantons toujours avec notre cœur et nos tripes. Et pour ce qui est des histoires qui finissent mal, nous en connaissons beaucoup. L'Irlande a eu le temps d'en apprendre. Et puis, vous savez bien qu'il n'y a que les chansons tristes pour être vraiment belles.

Maureen se leva et se dirigea vers le groupe qui s'était reformé autour des deux musiciens. Elle se mit à battre la mesure en chantonnant. Isabelle la rejoignit ; elle se trouva à côté de David qui en profita pour la prendre par les épaules.

— Alors petite Française sauvage, est-ce que vous aimez la musique irlandaise ?

Isabelle se dégagea d'un geste souple, aussi naturellement qu'elle put.

— Je l'ai trouvée formidable. J'ai aussi trouvé que Maureen chantait merveilleusement bien.

— Vous devriez entendre Fergus. C'est le meilleur chanteur de la famille. Demandez-le-lui donc.

« Eh, Fergus, lança-t-il à son frère aîné, toujours assis sur son banc de bois, tu devrais montrer à Isabelle comme tu chantes bien.

Chante lui donc « Je vous ramène à la maison, Kathleen »...

Fergus se contenta de lever la tête, mais il la rentra de nouveau dans son cou avec un haussement d'épaule. Comme si David venait de prononcer une incongruité.

— Allez donc le lui demander vous-même, dit le cadet des Finnegan. Moi, vous voyez, il ne veut pas m'écouter.

Isabelle se leva mais se dirigea vers Tom, Harry et Mary qui bavardaient avec des voisins. La dernière des choses à faire eût été d'insister auprès de Fergus.

Tom la présenta. Isabelle ne retint aucun des noms qui furent énoncés devant elle. Mais elle remarqua que Fergus la regardait. Il n'y avait dans son regard aucune amitié.

Il vint soudain vers elle.

— Vous devriez aller voir si ma mère n'a pas besoin de vous.

Il avait parlé rudement, en maître. La jeune fille se cabra sous le ton mais se contint.

— Je viens de le lui demander ! Mais il va de soi que je me ferai un plaisir d'y retourner si vous le souhaitez, dit-elle en le regardant dans les yeux.

— Miss Marchand, je suis l'aîné de cette famille et j'entends être entendu quand je parle. Vous pouvez penser ce que vous voulez sur les Irlandais arriérés, mais je vous demande de ne pas oublier, qu'ici, je suis le maître, même si le mot ne vous plaît pas ! Après ma mère, bien entendu.

— Monsieur Finnegan, je vais à mon tour

vous dire une chose dont vous penserez ce que vous voudrez : il est vrai que je suis engagée ici par votre mère et que je ferai de mon mieux pour lui être utile. Mais je ne vous permets pas de me parler comme vous venez de le faire. Vous êtes peut-être le maître de vos chevaux, de votre château et de je ne sais quoi encore, mais vous n'êtes pas le mien ! Vous êtes libre de me faire renvoyer en France — si c'est votre mère qui me le dit — mais autrement, je vous prie de me parler sur un autre ton.

Elle tourna brusquement le dos et s'enfuit en courant dans sa chambre. Elle ne voulait pas que l'on puisse voir ses larmes.

L'affrontement avait été brutal, bref et sans témoin. Mais Isabelle n'était pas habituée à des confrontations de ce genre. Jean et Mathilde ne lui avaient pas appris à se battre contre des hommes aussi durs que Fergus.

Dans sa chambre, elle se passa un peu d'eau sur le visage et s'apprêtait à redescendre pour s'enquérir de Mildred. Il se faisait tard et la vieille dame avait sans doute besoin d'elle. Et elle eût préféré mourir plutôt que de se mettre en faute aux yeux de Fergus. Elle se jura que cela n'arriverait jamais.

Mildred l'accueillit d'un sourire las. Rien ne lui échappait. Elle voyait tout, depuis son fauteuil, percevait tout avec un sixième sens que son infirmité avait aiguisé, et comprenait tout parce qu'elle était mère avant toute chose.

— On dirait que vous avez les yeux bien rouges, Isabelle ?

— Non, Mildred, c'est simplement la fumée et

sans doute ce bruit auquel je ne suis pas habituée.

— Ce sont peut-être aussi mes fils qui vous tracassent ?

Isabelle faillit tout raconter à la vieille dame. Mais ç'eût été une erreur grave, elle s'en rendit compte aussitôt. Cette affaire se réglerait entre Fergus et elle. Si elle se réglait jamais !

— Qu'est-ce que vous a dit Maureen ?

— Que les Irlandais s'y connaissaient en histoires qui finissent mal et en chansons tristes.

— C'est vrai. Mais il faut ajouter que si on dit têtu comme un Irlandais, ce n'est pas sans raison. Nous finissons toujours par obtenir ce que nous voulons. Même s'il faut parfois y mettre le prix et le temps.

Isabelle frissonna intérieurement en pensant à David.

Elle savait qu'il la désirait.

Isabelle constata :

— Vous avez une famille très unie.

— Oui, tant que je serai là, tout ira bien. Mais vous me semblez trop fine, ma petite fille, pour ne pas comprendre rapidement comment les choses se passent, ici. Je ne vous dirai rien. Vous verrez. Sachez seulement que vous ne serez jamais seule, et que mon appui vous sera toujours acquis, même contre...

Elle faillit ajouter : « Même contre mon fils aîné, celui qui est le plus proche de moi car il est celui qui ressemble le plus à Randy, mon mari, que j'ai tant aimé ! »

— Conduisez-moi à ma chambre, maintenant, s'il vous plaît, demanda-t-elle.

Isabelle poussa doucement le fauteuil. Par les volets ouverts parvenait une odeur d'herbe et de pluie d'une extraordinaire fraîcheur. L'air du soir était tendre et doux.

— Puis-je faire quelque chose pour vous? demanda Isabelle.

— Non merci, je vais m'endormir bientôt je crois. Et puis je m'arrange toute seule. C'est difficile, mais je préfère, excusez-moi. Vous pouvez néanmoins faire ceci pour moi, reprit-elle alors qu'Isabelle allait refermer la porte... Montrez donc à mes fils qu'une jeune fille n'est pas une pouliche qu'on mate entre ses jambes...

Isabelle rougit sous la violence de l'image. Mildred avait donc tout entendu, tout compris?

— Excusez-moi encore, reprit la vieille dame. Il m'arrive moi aussi de parler comme un palefrenier. A force de les fréquenter!

En sortant de la chambre de la châtelaine, Isabelle rencontra Tom, un verre à la main. Il la regarda avec un grand sourire franc et heureux.

Isabelle, à votre santé. Venez boire un verre avec nous. Il ne reste plus que la famille.

Autour du feu s'étaient regroupés Fergus, Maureen, Gregory, Tom et la jeune Mary. Ils ne parlaient guère, plongés chacun dans ses pensées devant le feu qui mourait. La grande pièce était miraculeusement rangée, comme s'il n'y avait pas eu vingt ou trente personnes pendant deux heures, à boires et à manger.

Tom conduisit Isabelle jusqu'à une grande banquette près du feu et la fit asseoir.

— Vous voulez un verre, Isabelle?

— Oh, good Lord, non merci.

— Harry est allé se coucher? demanda-t-elle quelques secondes plus tard. Sa voix rompant la tranquillité de la pièce.

— Harry ? Non, bien sûr, il est... euh, oui, je veux dire, il est allé se coucher.

Gregory bafouillait. Isabelle sourit.

Tom s'en mêla et précisa :

— Il est peut-être au pub, ou au club de football, ou... chez Lisa Flanagan ? Je crois qu'il est plutôt chez Lisa.

— Tom, gronda Maureen.

— Ce n'est pas un secret, et Harry a le droit d'être là où il veut. Ça ne fait de mal à personne. N'est-ce pas Fergus ?

L'aîné des Finnegan sembla sortir d'un grand rêve et secoua ses larges épaules d'un geste lourd. Il se passa la main sur le front.

— Oui bien sûr, Harry a tout à fait le droit d'être chez les Flanagan. Mais c'est son affaire, souligna-t-il en regardant ses frères et sœurs l'un après l'autre.

Isabelle comprit qu'elle avait mis le doigt sur un sujet délicat. Mais pourquoi Fergus ne voulait-il pas que l'on en parle ? Harry avait bien le droit de faire la cour à qui bon lui semblait. Il y avait là un mystère.

Isabelle se garda d'insister. Fergus reprit sa position devant le feu. Le silence s'instaura entre les frères Finnegan.

Maureen le rompit en chantonnant de nouveau « La rose de Tralee » tout doucement, comme si elle poursuivait pour elle-même un long récit intérieur. Mais elle fut vite rejointe par ses frères qui, à leur tour, chantèrent « La rose de Tralee » à bouche fermée, comme pour accompagner Maureen. C'était d'une beauté saisissante. Isabelle en fut émue aux larmes.

La mélodie se rompit brutalement. David ouvrait la porte, apportant avec lui une grande rafale de pluie et de vent. Il se secoua dans l'entrée, ôta son imperméable. Tous les regards se tournèrent vers lui. Il s'approcha du feu, et se saisit de la bouteille de bière que tenait Tom.

— Il pleut. Le terrain sera mouillé et lourd pour la course demain, dit-il.

Fergus le regarda.

— Tu es allé voir le terrain ?

— Non. Mais tu connais Dunmanway ? Tu sais que c'est une prairie gorgée d'eau en temps normal. Alors demain...

— Fergus et David courent demain à Dunmanway, expliqua Mary. C'est une course de chevaux qui a lieu chaque année. Elle est très célèbre, et les Finnegan y ont toujours participé. Demain ils y seront encore. Et j'espère bien qu'ils vont gagner une fois de plus, ajouta-t-elle fièrement.

— C'est certainement un Finnegan qui va gagner, jura David. Reste à savoir lequel ? Je ne compte pas te faire de cadeau, dit-il à Fergus.

L'aîné déplia sa grande carcasse, adressa un étrange sourire à son cadet.

— Moi non plus je ne te ferai pas de cadeau, tout Finnegan que tu sois. Et je te garantis qu'Indian Girl laissera ta bourrique à deux longueurs au moins.

— C'est ce qu'on verra, riposta David, le visage soudain plus fermé que jamais.

Isabelle frissonna. Au nom de quoi, ou de qui, ces deux frères s'affrontaient-ils ?

CHAPITRE IV

Il y avait la foule des grands jours à Dunmanway. Elle ne cessait de grossir et les voitures s'entassaient sur le vaste parking. Tout autour d'une immense prairie légèrement en pente, une vingtaine d'obstacles avaient été dressés. Les professionnels y disputaient cinq courses.

Les gentlemen de la région une seule, la troisième. Mais c'était celle-là que l'on venait voir et commenter.

Au centre de la pelouse, des bicoques avaient été hâtivement montées : baraques à sandwiches et à bière, boutiques de camelots, marchands de charcuterie, échoppes des bookmakers, debout sur des caisses pour crier les paris et faire monter les cotes. L'air était vif et frais mais il ne pleuvait pas.

Pendant que se déroulait la deuxième course, la famille Finnegan se rendit au paddock admirer et encourager ses champions. Les chevaux n'étaient pas encore là, mais ils apparurent au moment où Isabelle et ses amis pénétraient sur la pelouse réservée aux propriétaires.

Fergus sauta sur Indian Girl d'un geste souple, en même temps que David enfourchait

Manilla. Ils portaient tous les deux une toque vert foncé et une casaque blanche rayée de rouge.

— Les couleurs des Finnegan, expliqua Tom à Isabelle.

Celle-ci se sentait troublée par l'assurance que montrait Fergus. Bien en selle sur sa jument, plein d'une force tranquille, il avait l'air d'un officier de cavalerie avant la charge.

— Il est beau et fort, dit Maureen derrière Isabelle.

— Oui !

Elle avait répondu malgré elle. D'une voix vibrante. Les chevaux se mirent à tourner en rond dans le paddock, tenus par leurs lads. Indian Girl était une superbe jument alezane, très nerveuse. Fergus avait de la peine à la maîtriser. Chacun des mouvements de la bête arrachait des murmures admiratifs aux spectateurs.

Fergus laissa les rênes. Il était séparé de son frère par deux chevaux, mais les Finnegan ne se regardaient pas.

Il y eut un grand mouvement dans la foule. La deuxième course se terminait. L'arrivée était serrée et les exclamations des parieurs fusaient en tous sens. Tom, Harry, Maureen, Gregory et Mary se précipitèrent vers l'arrivée, laissant Isabelle seule.

Son regard croisa celui de Fergus quand Indian Girl vint vers elle, le long des cordes du paddock. Elle lui sourit presque craintivement. Il ne lui rendit pas son sourire. Tout entier concentré sur la course à venir, il l'avait regardée sans la voir.

Elle sourit aussi à David. Le cadet des Finnegan lui adressa un baiser du bout de ses doigts gantés, provoquant les ricanements de quelques personnes présentes.

Isabelle rougit et se mit à la recherche des autres Finnegan. Elle avait peur. Il allait se passer quelque chose qui l'effrayait. Elle sentait dans le comportement des deux frères une violence toute prête à exploser.

— Venez, dit Gregory, on va s'installer devant la grande haie double. C'est là qu'on verra le mieux.

— Moi je vais parier, dit Maureen.

— Sur qui ?

— Ça ne te regarde pas.

— Elle va miser sur Sean Galway, c'est sûr, ricana Mary.

Maureen leva la main comme pour corriger l'impertinente. Mais elle arrêta son geste et se dirigea à pas tranquilles vers les bookmakers qui hurlaient les cotes à tous vents. Isabelle lui emboîta le pas.

Maureen paria cinq livres sur Manilla et cinq livres sur Indian Girl. Isabelle l'imita et rangea les tickets dans son sac. Elles traversèrent ensuite tout le champ de course pour rejoindre la haie double. C'était un obstacle impressionnant : un mètre soixante de haut, un mètre vingt de large.

— Aussi large qu'à Auteuil, expliqua Tom.

Isabelle s'étonna. Il fallut lui dire qu'Auteuil, aux portes de Paris, était le principal hippodrome d'obstacles de France et qu'il était connu dans le monde entier pour la difficulté de son parcours.

De l'autre côté du terrain, en bas de la prairie, les cavaliers se préparaient au départ. C'était confus. Les chevaux renâclaient et leurs jockeys avaient toutes les peines à les contenir face à la ligne de départ. Mais, au coup de pistolet, ils s'élancèrent dans un grondement de sabots. Les toques et les casaques faisaient un spectacle magnifique au soleil. Les couleurs des Finnegan se détachaient clairement au milieu des autres.

— C'est la course la plus importante de l'année dans le comté, dit Gregory à Isabelle. Le vainqueur n'en retire guère d'argent mais un grand prestige. Gagner à Dunmanway est une sorte de consécration. Les places sont chères ! Cette année, nous avons des chances. Indian Girl est un très bon cheval. Fergus l'a bien entraînée. Elle est en forme. Et Manilla la vaut sans doute.

Le peloton passa un mur de briques rouges et blanches. Puis un grand fossé plein d'eau, la rivière. Il escalada ensuite une butte et se précipita vers la double haie. Isabelle recula instinctivement. Cette masse de vingt chevaux lancés flanc contre flanc, à cinquante à l'heure, était impressionnante.

Elle eut à peine le temps de distinguer le visage de Fergus sous la toque verte. Les lèvres serrées, le regard portant loin derrière les lunettes, les bottes souillées d'écume, il avait l'air d'un démon.

Les chevaux sautaient avec des halètements

sourds. Ils étaient couverts de boue et de sueur. Certains, en queue de peloton, étaient déjà fatigués.

L'un d'eux chuta. Son cavalier fut projeté à terre. Celui-ci roula sur lui-même et se releva en jurant épouvantablement. Il rattrapa sa bête qui boitait et repartit avec elle vers son van.

— Encore un tour, expliqua Tom. Et on peut dire que celui qui passera cette haie en tête tout à l'heure gagnera la course !

Isabelle se retourna et suivit le peloton des yeux. Il s'étirait. Elle vit que Fergus et David étaient parmi les premiers, juste derrière un grand cheval gris qui fonçait en de longues foulées souples.

— C'est Lakmé et Sean Galway, murmura Maureen d'une voix étranglée par l'émotion. Oh mon Dieu !

Derrière le cheval gris, Fergus et David avaient lâché leurs poursuivants. Isabelle n'avait d'yeux que pour Fergus. Penché sur l'encolure d'Indian Girl, il l'encourageait de la voix. Les trois chevaux se trouvaient maintenant sur la même ligne. David se mit à cravacher Manilla.

Ils arrivèrent en même temps sur l'obstacle énorme et s'enlevèrent d'un même élan.

Indian Girl se reçut mal. Elle tomba. Fergus, dans un réflexe prodigieux, avait eu le temps de lâcher les étriers évitant ainsi d'être écrasé par sa monture. Mais tandis que David et Sean Galway se ruaient vers l'arrivée, le grand garçon resta étendu au sol. Les autres cavaliers l'évitèrent par miracle. Un autre cheval tomba encore, projetant son jockey à plusieurs mètres...

Isabelle et les Finnegan se précipitèrent vers Fergus. La casaque maculée, les bottes couvertes de boue, les gants déchirés, il gisait, inanimé. Assommé !

Maureen s'agenouilla dans la boue, souleva la tête de son frère. Il ouvrit les yeux.

— Qui a gagné ?

— Manilla.

Tom guettait anxieusement le panneau affichant les résultats. David avait battu Sean Galway d'une courte tête. L'honneur des Finnegan était sauf. Fergus essaya de se relever. Il retomba lourdement sur le côté, remit un genou en terre, comme un boxeur sonné.

Isabelle était bouleversée. La détresse de ce grand corps abattu et vaincu la touchait au plus profond d'elle-même. Mais Fergus n'était pas homme à accepter longtemps la défaite. Il finit par se relever. Ses yeux brillaient de colère.

— Indian Girl ?

— Ça va.

Gregory avait ramené la jument par la bride.

— Tenez-la une seconde, dit Gregory à Isabelle, le temps que je retrouve les lunettes de course de Fergus. La jeune fille prit les rênes d'Indian Girl dans sa main droite et flatta l'animal de l'autre. Elle l'approcha de Fergus pour la lui rendre. Il s'avança vers Isabelle, mais buta sur une racine. Instinctivement, il se raccrocha au bras de la jeune fille. Indian Girl, effrayée, fit un écart.

— Vous ne pourriez pas faire attention ?

Isabelle retint la réplique qui lui montait aux lèvres. Inutile d'envenimer les choses. Mais l'émotion de tout à l'heure était passée. Elle était furieuse. Fergus et tous les Finnegan l'exaspéraient. Pour qui se prenaient-ils à la fin ?

Elle se dirigea, seule, vers les boutiques du milieu du champ de course, indifférente au brouhaha qui entourait le départ de la prochaine épreuve. Tout cela ne l'intéressait plus.

— Il ne faut pas en vouloir à Fergus. D'abord il s'est fait plus mal qu'il ne l'avouera jamais. Et surtout il a perdu la course ! Or il s'était juré de gagner cette année. Il est fou de rage.

Maureen avait rejoint Isabelle et marchait à ses côtés, dans l'herbe écrasée par les vans et les chevaux. L'air sentait la bière, le crottin et les saucisses chaudes. Les books racolaient encore à tue-tête.

— Mais au fait, nous avons gagné. Manilla est première. Allons toucher nos gains !

Les jeunes filles empochèrent douze livres chacune.

— Je vous montrerai comment on dépense son argent dans ce pays ; un jour nous irons à Killarney. Il y a des boutiques ravissantes.

Après un silence Maureen soupira :

— Vous savez, Isabelle, je vous parlais de Fergus. Ne lui en voulez pas ! C'est un homme dur, orgueilleux, obstiné, mais c'est aussi un garçon qui sait être chaleureux et profondément gentil.

— Je ne m'en suis pas encore aperçue.

Isabelle n'avait pas résisté ! Elle se mordit les lèvres. Mais Maureen affecta de rire.

— Vous vous en apercevrez peut-être un jour.

— Et puis, il est contrarié que David ait gagné, n'est-ce pas ?

— Vous avez remarqué ça aussi, Isabelle ! Ce doit être la finesse française. Nous autres Irlandais ne sommes pas toujours de bons psychologues. Mais vous savez, les Finnegan ont du sang français dans les veines. Mon arrière grand-père s'est longtemps battu contre les Anglais avec de Valera et il a été contraint de s'exiler. Alors il a vécu en France. Et il a épousé une Française. C'est à cause de lui que Mildred et nous tous parlons votre langue.

La courte promenade des deux jeunes filles les avait ramenées près du paddock. David, Tom, Harry, Gregory y fêtaient la victoire de Manilla à grandes rasades de bière.

— Isabelle, cria David, venez avec nous.

Il lui tendit la joue.

— Un baiser au vainqueur, s'il vous plaît.

Isabelle s'exécuta de bonne grâce. Fergus arrivait. Il avait revêtu — alors que David portait encore bottes et casaque — un élégant veston de tweed sur un pantalon de flanelle impeccable.

— Vous devriez aussi faire un baiser au frère du vainqueur, reprit David. Il le mérite plus que moi encore.

Et il poussa Isabelle vers son frère aîné.

Fergus se déroba :

— Je n'ai besoin ni de baiser ni de consolation d'aucune sorte. Pardonnez-moi, mademoiselle. Il s'efforça de sourire. Ce sera pour une autre fois !

La dernière course s'achevait. Le soir tombait. Les bateleurs, les bookmakers, les marchands remballaient leur attirail. Ils les remonteraient ailleurs le lendemain, ou le surlendemain. Les propriétaires faisaient rentrer leurs chevaux dans les vans. La fête était finie à Dunmanway.

Isabelle regagna la Vauxhall. Elle s'y tassa aux côtés de Maureen, avec Mary, Tom et Gregory. David prit le volant. Fergus conduisait la Land Rover, Harry à ses côtés.

— Fergus n'est pas content, dit David. Mais je n'y peux rien, moi, si son cheval est tombé. Vraiment rien. Et il ne va quand même pas me faire la tête pendant huit jours, non ?

— Il en est capable, dit Gregory.

— Maureen, essaie de lui expliquer. Et puis quoi, c'est un Finnegan qui a gagné, n'est-ce pas ? C'était l'essentiel.

Un brusque cahot projeta Isabelle contre Tom. Le jeune homme passa un bras autour de ses épaules. Isabelle se sentit bien. Elle avait confiance en lui comme en un grand frère. Il ne desserra pas son étreinte ; mais elle se dégagea quand même. Aucun des Finnegan ne pouvait paraître avoir des droits sur elle. Sinon, c'en était fait de sa liberté au sein de la famille !

La Land Rover ralentit devant eux avant de s'arrêter devant un pub, le *Kendall's Arms*. Harry et Fergus en descendirent en s'ébrouant. La Vauxhall s'arrêta à son tour.

— L'heure est venue de boire quelque chose, dit Mary.

Le bar était vieux, et le lustre des bancs attestait une longue et assidue fréquentation. Isabelle espéra entendre Maureen chanter à nouveau. Elle n'avait pas oubliée la « Rose de Tralee ». Mais Maureen s'installa sur un tabouret et se contenta d'écouter ses frères et d'autres habitués du pub, commenter les courses de Dunmanway.

— Qu'est-ce qui vous a pris, tout à l'heure, quand je suis tombé ?

Fergus était devant Isabelle, solidement campé sur ses deux jambes écartées, une main dans la poche de son veston, l'air sombre et dur.

— Rien. Vous ne bougiez plus. J'étais inquiète !

Et, soudain ironique, elle ajouta :

— Vous n'allez quand même pas me reprocher de m'occuper de mon prochain ?

— Je ne suis pas votre prochain.

— Je croyais que les Irlandais étaient de bons catholiques.

— Ils le sont, que Dieu vous bénisse. Mais ça ne vous donne aucun droit de vous mêler de ce qui ne vous regarde pas. Oh pardon, voilà que ma grossièreté naturelle reprend le dessus. Excusez-moi, Miss Marchand.

— Je vous excuse, monsieur Finnegan. Mais la prochaine fois que je vous verrai par terre, à moitié mort, je passerai mon chemin. Et vous pourrez mourir en paix, monsieur Finnegan, avec votre casquette verte et vos bottes noires. Et je vais encore vous dire autre chose, monsieur Finnegan, aîné de la famille, c'est que...

Le silence s'était fait dans le pub, seulement rompu par l'eau coulant du robinet. Le barman avait oublié de l'arrêter, trop occupé à tendre l'oreille. Tout le monde écoutait, sans pudeur, la querelle des deux jeunes gens. Isabelle devint écarlate. Fergus se tourna vers le barman.

— *Come on,* Mac, donne-moi une bière.

Il but sa Guiness à longues gorgées, les yeux au plafond. Puis il reprit la conversation avec son voisin. Comme s'il ne s'était rien passé.

Isabelle étouffait. Elle reposa le Tonic auquel elle avait à peine touché et sortit, bientôt rejointe pas David.

— Il n'est pas commode, Fergus, n'est-ce pas ?

Isabelle se retint de lui dire que tous les Finnegan du monde pouvaient aller se faire pendre ! Elle eut une pensée pour Luc. Le brave garçon devait l'attendre à Bordeaux et penser à elle. Elle se promit de lui écrire le soir même. Mais elle ne sut que répondre à David.

— Vous savez, reprit-il, il a parfois de bonnes raisons. Tenez, en voilà une.

Il désignait du doigt un vieux bonhomme qui longeait la route, son chien devant lui. Dignement vêtu de son meilleur costume, il se dirigeait en sifflotant vers le *Kendall's Arms.*

— Qui est-ce, demanda Isabelle ?

Avant que David ne réponde, Kean O'Reilly était devant eux. Il ôta sa casquette devant Isabelle et se tourna vers le jeune homme.

— David Finnegan ! Tu es encore là à faire la cour aux jeunes filles. Tu as bon goût, ma foi.

Il souleva de nouveau sa casquette en se tournant vers Isabelle avant d'achever :

— Mais il serait grand temps que Mildred m'appelle à Kimberley. Tu le lui diras, hein, sacré David Finnegan ?

L'homme poussa la porte du pub et s'installa sur un banc le long du mur.

— Qui est-ce ? demanda à nouveau Isabelle.

— Kean O'Reilly est officiellement tisserand de son état. Mais en fait, c'est le marieur du pays.

— Le marieur ?

— Oui. Cela vous étonne sans doute. Ils sont moins nombreux qu'autrefois, mais il y en a encore quelques-uns comme Kean dans les campagnes irlandaises. Ils arrangent des mariages à la demande des familles.

— Et... ils marient beaucoup de jeunes gens comme ça ?

— Oh oui, par-ci par-là. Allez donc demander à Fergus...

Isabelle se sentit devenir glacée.

CHAPITRE V

Quand Isabelle entra le surlendemain dans la grande salle de Kimberley et qu'elle vit la table mise pour le dîner avec plus d'apprêt que d'ordinaire, elle se demanda qui était invité ce soir-là. Elle n'osa pas poser la question. Cela ne la concernait pas. Fergus risquait encore de lui dire qu'elle se mêlait de ce qui ne la regardait pas.

— Nous avons des amis à dîner, dit Gregory voyant la surprise de la jeune fille.

Mary pouffa de rire.

— Des amis intimes, oui. Très intimes.

Isabelle, intriguée, la regarda. Tout cela lui semblait naturel. Il n'y avait certes pas de quoi faire des mystères. Et elle décida de se cantonner dans son rôle d'assistante de Mildred. Elle était là pour ça.

La grande porte s'ouvrit, elle tourna la tête vers les arrivants.

Henry et Margaret Mc Connell étaient suivis de leur fille Sally. Celle-ci attira aussitôt les regards d'Isabelle. Elle était mince et légère, admirablement habillée, comme seules s'habillent les Parisiennes, et peut-être les Romaines.

Et elle était belle, mais d'une beauté froide, lointaine, de mannequin blasé. Les pommettes hautes, les yeux noirs trop maquillés et les lèvres très fardées, la peau fraîche et lisse. Mais elle avait incontestablement de l'allure et elle devait plaire aux hommes.

Mildred présenta Isabelle.

— Vous êtes française, c'est merveilleux, s'exclama Sally Mc Connell. Je suis si heureuse de vous rencontrer ici. Vous savez, Glengariff est une petite ville où il ne se passe jamais rien d'intéressant. Nous serons amies, n'est-ce pas ? Vous viendrez à la maison ? Vous savez monter à cheval ? Oui ? C'est super. Nous ferons plein de balades ensemble. Nous irons nous promener dans toute l'Irlande.

Isabelle sourit, un peu désarmée par tant de gentillesse. Cette Sally avait l'air antipathique mais elle faisait des efforts pour être aimable et pour bien accueillir l'hôte des Finnegan. Isabelle décida d'attendre pour juger.

Henry et Margaret Mc Connell parlaient de chevaux avec Mildred et Fergus. Eux aussi possédaient un important élevage, tout près de Kimberley, et avaient bien des intérêts communs avec les Finnegan.

— Ils ont même tellement d'intérêts communs avec nous que Sally est bel et bien fiancée à Fergus, murmura David à Isabelle.

Celle-ci comprit ce que le jeune homme avait voulu dire en parlant de Kean O'Reilly et des marieurs... Fergus était fiancé à Sally !

Elle sentit une jalousie intense l'envahir soudain. Mais elle n'avait aucun droit à un tel sentiment.

— Ils forment un beau couple, dit-elle à David.

— Vous et moi aussi, riposta-t-il du tac au tac.

— Mais nous ne sommes pas fiancés, David.

Elle avait mis dans sa réponse plus de sécheresse qu'elle n'eût voulu. Elle se le reprocha. Le jeune homme était brutal mais sincère. C'était sa manière d'être.

— Excusez-moi, David.

Mildred demanda à ses convives de passer à table. Sally était placée près de Fergus. En attendant que le service commence, elle s'appuya contre l'épaule du jeune homme. Mais il se dégagea avec une indifférence étudiée. Elle affecta d'en rire. Lui pas. Son visage avait pris un aspect sérieux qu'Isabelle ne lui connaissait pas.

Elle comprenait mal. Un homme officiellement fiancé à une jeune femme comme Sally devait se comporter en homme heureux. Car Sally avait tout pour séduire n'importe qui. Fergus était sans doute un homme encore plus mystérieux qu'elle ne le supposait. Ou, plus simplement, il apportait le plus grand soin à masquer ses sentiments.

— Vous habitez naturellement Paris, demanda Sally ?

— Non, Bordeaux.

— Bordeaux, c'est une ville en bas de la France, n'est-ce pas ? C'est un port, c'est tout ce que je sais.

— C'est un port et une ville superbe.

Isabelle avait répondu d'un ton sec qui fit lever un sourcil étonné à Mildred.

— Et vous n'allez jamais à Paris ?

— Si, parfois. J'y ai des parents et des amis. Mais vous savez, les grandes villes françaises valent bien Paris maintenant.

— Rien ne vaut Paris ! asséna Sally. Regardez mes chaussures, par exemple : Croyez-vous qu'on les trouverait à Glengariff, ou même à Cork ou Dublin ?

Elle avait parlé d'un ton aigu et dédaigneux, à la limite du supportable. Margaret Mc Connell regarda sa fille d'un air sévère, lui fit signe de se calmer. Mais Sally, peut-être gênée par la candeur polie d'Isabelle, et soucieuse de marquer des points sur l'étrangère, insistait. Elle raconta les vitrines du faubourg Saint-Honoré, les boutiques snobs de la rue du Four et cita dix noms de magasins à la mode qu'Isabelle ne connaissait pas.

Elle parla aussi de grands restaurants où elle aimerait aller et de petits bistrots dont, jurait-elle, on lui avait dit monts et merveilles à son dernier passage à Paris.

Isabelle, pendant ce temps, regardait Fergus. Il affectait d'écouter sa fiancée, mais il était visiblement ailleurs. Maureen se pencha vers Isabelle.

Les deux jeunes filles étaient devenues très amies, sans le chercher vraiment. Le tempérament mélancolique de Maureen était attiré par le côté sain, ouvert et bon d'Isabelle. Elle avait par ailleurs été très sensible à l'émotion manifestée par la jeune Française quand elle avait chanté « La rose de Tralee ».

— Ce vieux fou de Kean O'Reilly aurait mieux fait de laisser ses manigances dans sa besace et de marier Sally à n'importe qui, mais pas à Fergus ! murmura-t-elle.

Isabelle leva vers elle des yeux surpris. L'apparition de Sally l'avait touchée à un point qu'elle ne voulait pas admettre. Mais, coutume ou pas, aucune des personnes présentes à Kimberley ce soir-là ne semblait avoir besoin d'un marieur pour faire son bonheur. Et surtout pas les deux fiancés !

— Je vous expliquerai, dit Maureen.

Pendant le dîner, Sally fut tour à tour odieuse (Isabelle l'entendit qui interrogeait Mildred à mi-voix sur sa nouvelle « nurse » et elle en rougit de confusion), et gentille. Elle affectait les plus grands égards envers les frères et sœurs de Fergus, mais seul David l'encourageait et répondait franchement à ses amabilités, comme pour défier Fergus.

Celui-ci se cantonnait dans son rôle de maître de maison, veillant, entre autres à ce que la bière ne manquât jamais. Et il ouvrit, quand arriva le gâteau aux pommes, mitonné par Patty, une bouteille de vin français que les convives trouvèrent exquis.

Quand tout le monde se retrouva autour de la grande cheminée, Mildred proposa une partie de bridge aux Mc Connell. Ils acceptèrent et Gregory offrit de faire le quatrième.

— Vous ne jouez pas au bridge ? demanda Sally à Isabelle.

— Non. Je ne pratique guère les cartes.

— Quelle sorte de jeu pratiquez-vous donc, à Bordeaux ?

— Isabelle, je vous prie de l'excuser. Elle est parfois d'une grossièreté qui dépasse les bornes. Sally s'imagine que tout lui est dû parce qu'elle est une Mc Connell. C'est faux, bien entendu, mais elle ne le sait pas encore !

Fergus venait de contrer sèchement sa fiancée. Il se tenait debout entre les deux jeunes filles, les dominant de sa haute taille. Il posait sa main sur l'épaule de Sally, furieuse, en un geste à la fois apaisant et protecteur. Mais une drôle de flamme dansait dans ses yeux devenus presque noirs.

— Regarde les yeux de Fergus, chuchota Tom à Mary.

— C'est comme quand il avait battu Johnny Mac Luhan au *Red Lion.* Tu te souviens de cette bagarre ?

— Oui mais là, ce n'est plus Johnny Mac Luhan. Si Sally continue, elle va recevoir une claque.

— Si Sally reçoit une claque, il n'y a plus de mariage. Et s'il n'y a plus de mariage, l'accord avec les Mc Connell tombe à l'eau. C'est-à-dire que les champs de course européens se ferment aux chevaux Finnegan. Tu le sais très bien, Mary ma sœur...

— Je me moque des champs de course européens, Tom mon frère. Mais j'aime bien Isabelle et je déteste cette garce de Sally. D'ailleurs, je vais en parler avec Mildred. Il est temps que quelqu'un le fasse, Tom !

— Tu as peut-être raison, mais ce n'est pas à toi de le faire.

Tandis que Tom et Mary tenaient ce dialogue, Isabelle et Sally se trouvaient toujours face à face. Isabelle sentit l'animosité violente que lui portait la jeune Irlandaise. Mais elle perçut aussi un changement dans l'attitude de Fergus. Ce n'était pas sa fiancée qu'il défendait, c'était elle, Isabelle.

— Tout ceci n'est pas important, vous savez, Fergus. J'ai certainement été maladroite et je vous prie d'accepter mes excuses, ainsi que Sally.

Elle pouvait faire cette concession. Dans le combat qui commençait, elle venait de marquer des points importants. Il ne fallait pas aller plus loin. Sally était trop orgueilleuse et Fergus trop soucieux du qu'en-dira-t-on pour ne pas leur laisser l'apparence de l'avantage.

Mais les deux femmes savaient l'une et l'autre qui sortait vainqueur de la joute. Isabelle, formes ou pas formes, s'était fait une solide ennemie.

Elle haussa les épaules. Sally venait de se retourner et affectait de converser avec Harry. Ils parlaient chevaux. Sur ce sujet aussi, la jeune fille semblait avoir des vues définitives. Isabelle se rapprocha de Maureen.

Son amie était seule. Elle regardait par la fenêtre la lune qui jouait sur les eaux noires de Bantry Bay. Le spectacle était magnifique.

— Je n'ai jamais rien vu d'aussi beau, dit Isabelle.

Maureen l'approuva.

— Nous autres, Irlandais, nous sommes avant

tout des gens de mer, vous savez. Elle est partout, elle est en nous. Chaque Irlandais est un peu son fils avant d'être celui de sa mère naturelle. La mer, la mort, l'amour, l'orgueil, la violence et le désespoir, l'humour et le sens de l'honneur, tout cela, Isabelle, fait un cocktail qui n'est pas toujours très bon. Les touristes ou les gens qui nous aiment trouvent ça bien, mais nous, nous savons quelle malédiction nous portons en nous. Isabelle, Isabelle, n'épousez jamais un Irlandais !

Isabelle s'efforça de sourire.

— Je ne suis pas venue pour épouser un Irlandais, mais pour aider votre mère qui me l'a demandé.

— C'est vrai, c'est vrai. Et je ne disais cela qu'en passant ! Mais pensez-y à l'occasion...

Isabelle voulut en avoir le cœur net. Comprendre la scène que lui avait faite Sally. Elle ne pensait pas que sa seule présence puisse lui valoir tant d'inimitié de sa part.

— Maureen, vous m'avez dit tout à l'heure que vous m'expliqueriez. Qu'est-ce que vous vouliez m'expliquer ? Dites, je vous en prie.

— Ah oui, à propos de Kean, le vieux fou ?

— Oui, c'est cela. A propos de Kean.

Maureen hésita et se perdit longuement dans la contemplation de Bantry Bay. Quand elle se retourna vers Isabelle, elle était très émue.

— Vous avez remarqué que Fergus ne se conduit pas comme un fiancé empressé, n'est-ce pas ? Je crains qu'il n'aime pas Sally, en fait. Ou plutôt, je crois qu'il ne l'aime plus. Je vais vous révéler deux secrets, Isabelle. Il est exact que

Fergus a été amoureux de Sally. Mais c'était avant qu'elle ne parte pour tous ces voyages qu'elle a faits, en France, en Grande Bretagne et en Italie. Depuis qu'elle est revenue, je crois que quelque chose s'est rompu entre eux. J'en suis même sûre. Intuition de femme, si vous voulez...

Maureen poursuivit. Elle avoua à Isabelle, d'une voix que l'émotion brisait parfois, que le vieux Kean O'Reilly avait littéralement été chargé par Mildred de conclure le mariage entre Fergus et Sally. Mildred était une femme d'affaires redoutable et elle savait bien qu'une alliance entre les deux familles serait profitable aux deux parties. Elle avait besoin d'aide pour développer son élevage en France : les chevaux irlandais y étaient fort prisés, mais les siens n'étaient pas encore connus. Et Henry Mc Connell était l'homme qu'il lui fallait !

Il possédait un réseau de relations internationales qui manquait aux Finnegan.

Mildred n'avait pas eu trop de scrupules. Elle savait les liens qui unissaient Fergus et Sally naguère et quand Kean, à sa demande, était entré en jeu, cela semblait uniquement pour la forme. Or les choses avaient changé, expliqua Maureen.

Fergus n'avait plus pour Sally les mêmes sentiments. Mais son sens de l'honneur et de la parole donnée joints au profond respect qu'il portait à sa mère feraient que jamais il ne pourrait rompre ses engagements envers les Mc Connell.

— Vous savez, Isabelle, la parole d'un Finnegan, c'est absolument sacré. C'est comme si Fergus était marié avec Sally. Personne dans la famille ne souhaite plus guère ce mariage, même pas Mildred sans doute, mais il se fera parce que c'est ainsi.

Maureen avait les larmes aux yeux. Elle ouvrit la grande porte fenêtre et sortit sur la terrasse. Il faisait frais, les étoiles brillaient. Isabelle resserra son châle sur ses épaules. Maureen insista :

— Isabelle, ne vous faites pas d'illusion sur Fergus. Il n'est...

— Mais je n'ai pas d'illusion sur qui que ce soit, Maureen. Vous êtes en train de me faire dire que je suis amoureuse de votre frère aîné et rien ne vous...

— Isabelle, pardonnez-moi. Je vous parle comme une femme parle à une autre femme. Vous n'avez rien à vous reprocher. Vous n'avez rien fait. Et personne ne pourrait trouver à redire à votre comportement depuis votre arrivée. Mais moi je sais, parce que je ressens profondément tout ce qui touche à mes frères, et particulièrement à celui-ci, qu'il se passe quelque chose entre vous et lui. Je le sens ! Je n'ai aucune raison de vous le dire ; et vous n'avez aucune raison de m'approuver... n'empêche...

Isabelle baissa la tête. Maureen était allée plus loin, et plus franchement, qu'elle n'avait osé elle-même. La jeune Irlandaise avait bien entendu vu juste ! Isabelle le reconnut.

— Je vais être franche à mon tour ! Si je suis touchée par Fergus, et vous l'avez deviné, rien ne laisse penser qu'il soit, lui, intéressé par moi. Alors, je vous en prie, ne dites rien.

— Je vous le promets. Mais je suis votre amie, Isabelle. Et vous pourrez toujours compter sur moi.

Isabelle se pencha et embrassa hâtivement Maureen sur la joue.

Au moment où les deux jeunes filles rentraient dans la maison, les Mc Connell prenaient congé.

— Mademoiselle, est-ce que vous viendrez demain à la foire aux chevaux de Kenmare, demanda Henry Mc Connell ?

— Je serai ravie, dit Isabelle. Cela doit être très beau, n'est-ce pas ? Et très intéressant.

— Oui, vous y verrez de bien belles bêtes si vous nous faites l'honneur de votre présence.

— Bien volontiers monsieur Mc Connell.

Sally lui tendit la main.

— A demain, Isabelle ; je serai moi aussi très contente de vous revoir. Excusez-moi pour mes propos de tout à l'heure. Cela devait être le vin.

— Si vous venez demain, dit Mary à son tour, vous ferez partie de la famille Finnegan. Et quand la famille Finnegan au grand complet va quelque part, ça fait du bruit.

— Vivent les Finnegan, dit Margaret Mc Connell.

Les invités partis, Isabelle resta seule un long moment sur la terrasse. Elle se rappelait ce que Maureen venait de lui dire : jamais Fergus ne pourrait rompre ses engagements envers les Mc Connell…

L'envie la prit de fuir Kimberley le plus vite possible. Mais en même temps elle sut qu'elle resterait.

CHAPITRE VI

Kenmare était une petite ville bâtie comme le furent plus tard les villes du Western américain : deux grandes rues s'y croisaient à la verticale et l'on y trouvait les magasins et les personnages des petites villes agricoles. La foire aux chevaux se tenait sur un grand champ jouxtant la place principale.

Depuis le matin les éleveurs avaient retenu les meilleurs emplacements ; d'autant que simultanément se tenait le marché au bétail. Il y avait donc foule ce jour-là quand les Finnegan arrivèrent à Kenmare à bord de la Vauxhall et de la Land Rover.

Deux camions avaient auparavant amené les chevaux que Mildred voulait exposer et négocier. Ils étaient superbes, les produits de l'élevage Finnegan, et Isabelle, en les regardant, ne put s'empêcher d'éprouver un sentiment de fierté : comme si c'étaient les chevaux de son élevage à elle qu'on allait exhiber ! Les Finnegan n'élevaient que des pur-sang irlandais sans croisement ; pas très grands, mais vifs et nerveux, taillés pour la course.

Le soleil inondait la foire et la foule était

joyeuse. Paysans en casquette, gentlemen comme les Finnegan, dans leur tweed et leurs bottes. Peu de femmes ; la foire était surtout, de tradition, une affaire d'hommes. Mais Mildred avait tenu à venir. Assise dans son fauteuil, elle trônait dans un coin de la foire et tous les éleveurs du pays venaient saluer « Madame Mildred ». Personnage respecté et estimé, la veuve de Randy Finnegan était le centre de la fête.

Il régnait sur tout cela une chaude odeur d'animal, d'herbe et de foin.

Non loin de Mildred, un groupe d'hommes discutait avec animation. Ils étaient jeunes pour la plupart et ne faisaient guère d'efforts pour atténuer la sonorité de leurs voix.

— Du temps de Randy Finnegan, disait l'un, les chevaux étaient mieux que ces carnes qu'ils osent vendre aujourd'hui.

— Les bonnes femmes, c'est fait pour la cuisine et pour les enfants, pas pour diriger un domaine comme Kimberley, ricanait l'autre.

— Paraît que Fergus ne fait pas la loi à Kimberley, reprit un troisième. C'est mauvais quand les hommes sont menés par les femmes, même quand c'est Madame Mildred.

Le vieux Jim Flaherty passait par là quand il entendit la dernière phrase. Son sang ne fit qu'un tour. Il avait été l'ami de Randy et, à sa mort, il avait reporté sur Mildred et sa famille, l'affection qu'il avait pour son ami. Il saisit donc le hâbleur par le col de sa veste et le secoua durement.

— Petit salaud, je vais te faire rentrer tes

paroles dans la gorge, aussi vrai que je m'appelle Jim Flaherty ! T'as pas honte ?

— Je vous ai pas causé, dit l'autre, je vous connais pas, moi.

— Vous voulez un coup de main, Jim Flaherty ?

Tom Finnegan se rendait auprès de sa mère après avoir salué plusieurs voisins et amis. Il vit le vieux Jim, et le crut en difficulté. Il venait à la rescousse.

— Ça va, Tom. C'est juste ce petit bâtard qui dit des âneries.

— Et que dit-il ?

— Il dit que les Finnegan ne sont plus ce qu'ils étaient et que c'est pas l'affaire des femmes de gérer un domaine comme Kimberley.

Un troisième larron venait d'intervenir à son tour et c'était lui qui narguait maintenant Tom ouvertement. Un cercle commença à se former autour des hommes. Une bonne bagarre, pour tout Irlandais qui se respecte, c'est toujours pain béni.

Les choses allaient tourner mal quand Mildred intervint. Isabelle avait poussé son fauteuil vers le groupe où se trouvaient Tom et Jim Flaherty. Elle avait eu un peu de mal, car le terrain était craquelé par les sabots des bêtes.

— Que se passe-t-il, Tom ? demanda Mildred.

— C'est rien, M'man, dit le dernier des Finnegan. Je croyais seulement qu'on avait mal parlé à Jim Flaherty.

— Qui êtes-vous, demanda Mildred à celui

des jeunes gens qui avait l'air le plus belliqueux. Je ne vous connais pas.

Le garçon eut l'air embarrassé. Autre chose était de rouler des épaules sur un champ de foire et de répéter ce qu'il avait dit devant cette vielle dame au visage souriant mais dur qui le fixait droit dans les yeux.

— C'est rien, madame Finnegan. On s'est mal compris avec m'sieur Flaherty. Je vous assure, c'est rien du tout.

— Qui est votre père ? demanda Mildred.

— Patrick Dealy, madame. Nous avons une ferme, Hushley Farm, le long de la Roughty River.

— Je connais votre père. Faites lui mes amitiés, s'il vous plaît. Et Mildred fit signe à Isabelle qu'elle voulait s'en aller.

Elle n'était pas venue pour régler des différends entre ses fils et leurs ennemis, mais pour vendre des chevaux et prendre des contacts avec les autres éleveurs. Il y avait des épidémies sur le continent, et l'importation des chevaux était provisoirement très réglementée. Cela tracassait Mildred. Il lui fallait l'avis et l'aide de Henry Mc Connell au plus tôt.

— On se retrouvera quand tu voudras, dit Patrick Dealy à Tom Finnegan. Mais la prochaine fois, tu viendras sans ta maman et ta nounou. A propos, à qui est-elle, la petite Française ?

Tom blémit. Cette fois son poing s'écrasa sur le visage de son adversaire.

Un extraordinaire silence se fit aussitôt sur le

champ de foire. Comme si bêtes et hommes retenaient leur souffle.

Mais Isabelle vint chercher Tom. Elle le prit par le bras.

— Votre mère nous fait dire que c'est bien comme ça. Elle ne veut pas que vous vous battiez avec ce garçon. Elle vous demande de prendre le break et de ramener les deux poulains chez les Dickinson.

Tom suivit docilement la jeune fille. Il n'eut pas un regard pour Patrick Dealy qui épongeait son visage ensanglanté.

Il s'arrêta auprès de sa mère. Elle était au centre d'un groupe d'hommes qui discutaient avec véhémence des cours de la viande et des dernières mesures du Marché Commun en faveur de l'élevage. Ils étaient tous d'accord pour se plaindre. Mildred présenta Isabelle. Les hommes murmurèrent les phrases de circonstances. A l'exception de l'un d'entre eux, un grand et beau garçon à l'air décidé qui suggéra :

— Vous êtes sans doute la jeune fille qui vit chez les Finnegan. Je m'appelle Sean Galway. J'ai entendu parler de vous par Maureen.

Isabelle se rappela. Le jour de la course, il y avait trois hommes en tête. Et quand ils étaient arrivés sur la grande haie fatale à Fergus, c'était Sean Galway qui menait la course d'une encolure devant les frères Finnegan.

— Je vous ai vu en train de sauter une haie, dit-elle en riant. Vous hurliez comme un fou.

Sean fut flatté de constater qu'Isabelle se souvenait de lui. Il s'inclina légèrement.

— Si vous avez si bonne mémoire, vous devez

aussi vous souvenir que j'ai été battu par David Finnegan ?

— Je m'en souviens parfaitement.

Isabelle constata que le jeune homme parlait un anglais châtié, sans la moindre trace d'accent gaélique. Il portait lui aussi des vêtements de bonne coupe et se comportait avec toute l'aisance que donnent une solide éducation et un peu d'argent.

— Vous habitez aussi Glengariff ? demanda-t-elle.

— Non. En fait, mes parents ont, eux aussi, un élevage. A Killarney. Mais moi je termine mes études de droit à Dublin. Je veux être avocat international, dit-il en souriant.

— C'est long, n'est-ce pas ?

— Oui, j'ai déjà fait six ans d'études. Mais c'est passionnant. Tenez, reprit-il, voici la tribu Finnegan au complet.

Isabelle aperçut Fergus et David, suivis de Gregory et de Harry ; ils vinrent rejoindre Tom auprès de leur mère. Maureen et Mary surgirent à leur tour. Sean avait raison : la tribu était au complet.

Fergus se détacha du groupe et se dirigea vers Sean Galway et Isabelle. Il sourit à son adversaire, mais ne regarda même pas la jeune fille.

— Où sont tes parents, Sean ? Ma mère voudrait leur parler. Il y a de gros problèmes en ce moment avec les Français. Il faudrait qu'on se réunisse tous.

— Je ne sais pas. Tu trouveras sans doute mon père chez le notaire. Il avait une affaire à traiter. Sinon il sera à midi au *Dingle Hotel.*

Fergus tourna le dos et partit à grandes enjambées. Isabelle serait bien partie avec lui. Mais la compagnie de Sean Galway ne lui déplaisait pas. Ils restèrent tous les deux au bord du champ de foire, bavardant amicalement. Sean était séduisant, intelligent et drôle. Isabelle rit à plusieurs reprises. Fergus repassa devant eux. Il s'arrêta et fit demi-tour.

— Isabelle, je crois que ma mère a besoin de vous.

Mildred lui faisait en effet des signes depuis son fauteuil. Elle quitta Sean avec un bref geste de la main. Fergus l'accompagna.

— Mon ami Galway vous plaît ? Son ton était ironique.

— Il est sympathique, oui.

— C'est aussi un fieffé coureur de jupons. Toutes les filles de la région vous le diront. Mais c'est vrai qu'il est sympathique.

— Il y a longtemps que vous le connaissez ?

— Nous avons fait une partie de nos études ensemble. Nous logions dans la même pension de famille, à Dublin, tout près de cette horrible chose, laide et triste, qu'est l'Université. Ensuite nos chemins ont divergé.

Isabelle ne fut pas surprise d'apprendre que Fergus avait fait des études supérieures. Maureen lui avait dit que tous les Finnegan avaient été ou iraient en faculté. Elevage ou pas, il fallait que chacun ait un diplôme universitaire.

Maureen était auprès de Mildred. Elle sourit à Isabelle.

— Vous avez fait la connaissance de Sean ?

Isabelle hocha la tête. Décidément, tout le

monde était au courant de ses moindres faits et gestes ! Mais le sourire de Maureen lui fit chaud au cœur. La jeune fille l'avertissait :

— C'est un vrai Don Juan, méfiez-vous. Mais il est très sympathique, je le reconnais. Est-ce qu'il vous a invitée à dîner ?

Isabelle ne put s'empêcher de rougir. Sean lui avait effectivement proposé de déjeuner ou de dîner avec lui. Elle avait réservé sa réponse, non par timidité, mais par ignorance des projets de Mildred.

Mildred et Maureen éclatèrent de rire devant l'air déconfit de la jeune fille.

— Vous le retrouverez bientôt, si vous y tenez. Nous avons l'habitude de dîner tous ensemble au *Dingle Hotel* après les foires. C'est un peu le rendez-vous des éleveurs de la région. Tout le monde sera là.

Il y eut effectivement foule le soir ; Mildred était le centre d'un groupe important d'hommes et de femmes qui discutaient gravement de leur sujet favori : le bétail en général et les chevaux en particulier. Après le repas, les jeunes gens se retrouvèrent dans le grand bar du fond. Un vieux piano y faisait traîner une rengaine qu'Isabelle fredonna doucement.

Elle se demandait si Sean allait venir. Elle avait été séduite par le jeune homme. Elle aurait préféré la compagnie de Fergus ; et elle admit qu'elle aimerait sans doute se retrouver dans les bras de l'aîné des Finnegan. L'éclair des superbes yeux bleus traversa un instant son esprit et elle baissa la tête pour mieux se concentrer sur son rêve au milieu de la cohue qui avait maintenant envahi le grand bar.

Une main forte lui saisit soudain le bras. Elle poussa un petit cri, reconnut Patrick Dealy. Elle chercha Tom ou l'un de ses frères dans la salle. Ils n'y étaient plus. Elle était seule face à l'adversaire de Tom.

— Venez boire un coup avec moi, Miss française.

— J'attends mes amis, Patrick. Merci.

— Justement, nous les attendrons ensemble.

Isabelle eut alors l'intuition de ce qui allait se passer. L'homme était venu pour régler ses comptes. Elle était en quelque sorte son otage. Elle voulut crier, mais n'osa pas, par crainte du ridicule. Elle se laissa entraîner vers le fond du bar par la main dure qui la tenait.

Patrick Dealy commanda deux Guiness et en plaça une d'autorité devant lui. Il leva son verre.

— A votre santé, Miss française.

Isabelle vit alors Gregory fendre la foule et venir vers elle. Il ne prit pas la peine de saluer Dealy et prit Isabelle par la main.

— Eh, tu vois bien que « Mademoiselle française » est avec moi, dit Patrick Dealy.

— Vous voulez rester avec lui ?

Isabelle secoua la tête. Elle avait la gorge nouée. Gregory fit une dernière tentative.

— OK, Pat, laisse-la aller, s'il te plaît.

— Non.

Gregory frappa sèchement. Isabelle s'écarta pour ne pas recevoir de bière sur son chemisier. Pat Dealy prit appui sur le comptoir et entreprit d'enlever sa veste.

— Finnegan ! hurla Gregory.

Deux bolides, puis trois, fendirent la foule, alertés par le cri. Les Finnegan arrivant à la rescousse ! Mais Patrick Dealy n'était pas venu seul !

La bagarre commença très vite, brutale, chargée de tout le ressentiment que les deux partis accumulaient depuis le matin. Harry vola pardessus le comptoir, propulsé par un magistral coup de poing. Mais Fergus vengea aussitôt son frère et abattit un grand escogriffe maigre.

Isabelle se sentit tirée en arrière.

Ne restez pas là, lui dit une voix.

C'était Sean. Il l'entraîna dans un recoin où elle se sentit protégée des remous.

— Ne bougez pas d'ici, insista Sean.

Et, à son tour, il plongea dans la mêlée en hurlant : Finnegan ! Finnegan ! Comme un cri tribal venu du fond des âges. Isabelle pensa, comiquement, à ce que lui avait raconté Gregory à propos des croisades et de l'ancêtre des Finnegan...

Elle essaya de reconnaître les combattants. Peut-être pourrait-elle venir en aide elle aussi aux Finnegan. Elle se sentait responsable, tout en sachant qu'elle n'avait été qu'un prétexte.

La grande glace placée derrière le bar vola en éclats. Cela devenait très sérieux. Un homme couvert de sang passa devant Isabelle en s'épongeant le front avec son mouchoir.

Elle aperçut Tom, en un éclair. Il affrontait un garçon de son âge, encore plus grand que lui. Les deux hommes s'empoignaient sauvagement.

Et puis, sans qu'elle ait eu le temps de saisir ce

qui se passait, tout rentra dans le calme. L'énorme tumulte s'apaisa comme par miracle. Les spectateurs refluèrent, satisfaits. Ça avait été une belle bagarre !

Toujours tassée dans son coin, Isabelle vit soudain Fergus et Harry devant elle. Ils étaient couverts de sueur et de poussière, les vêtements déchirés, les cheveux dans tous les sens, Harry une main en sang. Ils soufflaient tous les deux bruyamment.

— Vous êtes contente de vous ? dit Fergus.

Isabelle ne s'attendait pas à des reproches. Cette violence la fit sursauter. C'était trop injuste. Des larmes lui montèrent aux yeux. Elle détourna la tête pour que les deux frères ne la voient pas.

— Vous savez parfaitement que c'est par votre faute que tout est arrivé, poursuivit l'aîné des Finnegan. Et nous n'avions pas besoin de ça en ce moment. Même si ça fait parfois du bien de régler ses comptes, n'est-ce pas Harry ?

— Oui, mais ce n'est pas la faute d'Isabelle, tu le sais bien.

— Je sais surtout que si elle n'avait pas provoqué successivement tout le monde, nous n'en serions pas arrivés là !

Il tournait déjà le dos, quand Isabelle le prit par le bras et le contraignit à se retourner.

— Ne partez pas comme ça, Fergus Finnegan. J'exige des excuses. Et pour que vous ne croyiez pas que je plaisante, je vais ajouter ceci : je prendrai demain le premier avion pour la France. Je ne veux plus rester un instant sous le même toit qu'un malotru de votre espèce !

Elle était magnifiquement belle en cet instant et elle s'aperçut que Fergus la regardait autrement que d'ordinaire. Mais elle n'y prêta pas attention. Elle était folle de colère et d'orgueil blessé. Il n'était plus question de trouver Fergus Finnegan séduisant ou pas.

— Ça va, ça va, excusez-moi, maugréa-t-il. Il haussa les épaules et s'en alla, escorté de Harry.

Isabelle s'appuya contre le mur boisé auprès duquel elle s'était réfugiée durant la bataille. Elle pleurait doucement. Mais cette fois, sa décision était prise. Elle partirait. Elle n'avait que trop tardé. Fergus Finnegan, non seulement n'était pas pour elle, mais il la méprisait.

CHAPITRE VII

Isabelle était rentrée avec Tom et ses deux sœurs immédiatement après la bagarre.

Les autres étaient restés à Kenmare, laissant à Henry Mc Connell le soin de ramener Mildred. Pendant le trajet, Isabelle était restée enfoncée au fond de la voiture, comme pour prendre ses distances.

Elle avait séché ses larmes, mais elle était désespérée. Elle savait maintenant qu'elle allait perdre Fergus. Il ne fallait plus se le cacher. Elle était amoureuse du grand Irlandais ! Sans espoir.

Quand Tom rangea la Vauxhall devant l'entrée de Kimberley, Isabelle sortit de la voiture en fermant la porte avec un soin exagéré et monta droit dans sa chambre. Elle entreprit de faire sa valise. Elle ne serait pas restée longtemps à Kimberley. Le lendemain, il faudrait qu'elle parle à Mildred. Et qu'elle se fasse conduire à Cork le plus tôt possible. Tom l'emmènerait...

On frappa à la porte. Deux coups secs. C'était Maureen.

— Isabelle, je suis navrée. Harry m'a

raconté. Je vous demande de pardonner à Fergus.

Isabelle secoua la tête.

— Je pardonne tout ce que vous voudrez, Isabelle. Je ne suis pas un juge. Mais vous comprendrez que je ne puisse pas rester plus longtemps à Kimberley. Vous voyez, dit-elle avec un pâle sourire, je suis en train de faire ma valise pour être prête demain.

— Isabelle, je vous en prie... Si vous souhaitez que Fergus vous fasse des excuses publiques, je vais lui en parler. Et s'il refuse, je le dirai à Maman. C'est inadmissible ! Moi je ne veux pas que vous partiez. Nous vous aimons tous beaucoup.

Isabelle faillit lui dire qu'elle aimait Fergus et que c'était la seule raison de son départ. Mais elle ne pouvait pas. Même devant Maureen. C'était son secret. Elle l'emporterait avec elle. Elle pensa soudain à Luc. Après tout, pourquoi pas ? Lui au moins, il était toujours là. Et il l'aimait.

Il y eut un nouveau silence. Isabelle réfléchissait et Maureen songeait à un autre amour qu'elle savait triste et douloureux. Son propre cœur avait été meurtri : elle en gardait des traces profondes.

Elle non plus ne pouvait pas dire à Isabelle que Sean Galway lui avait fait la cour, qu'elle avait cru à son amour. Mais Sean était un coureur de jupons prêt à tout pour parvenir à ses fins ! Maureen n'avait pas voulu le croire. Quand elle avait compris elle avait horriblement souffert...

On frappa de nouveau à la porte. Cette fois, c'était Harry.

— Isabelle, je suis désolé. Je tenais à vous le dire. Et aussi...

— Elle veut partir, Harry, elle veut partir demain !

Harry se planta devant la jeune fille et prit son visage entre ses mains.

— Isabelle, vous me connaissez peu. Moi aussi je vous connais bien peu. Mais je vais vous dire une chose. Il n'est pas question une seconde que vous partiez d'ici !

Bouleversée, Isabelle échappa à l'étreinte affectueuse du jeune homme. Elle sentait le frère et la sœur sincères. Mais elle savait aussi qu'elle ne pourrait plus supporter de rencontrer Fergus tous les jours.

— Isabelle, dit Maureen, je vais parler franchement. Et je suis contente que Harry soit là pour entendre ce que je vais dire. Vous êtes là depuis quelques jours à peine et vous avez déclenché des choses très violentes ici, sans le vouloir. Nous autres, Irlandais, nous ne savons rien faire calmement ! C'est pour ça, d'ailleurs, que nous ratons tant de chances.

Isabelle gardait les yeux fixés sur les lèvres de Maureen. Harry la regardait aussi, gravement. Maureen continua à parler comme si elle était seule, et poursuivait une longue réflexion intérieure.

— Vous avez fait la conquête de ma mère, Isabelle. Et c'était le plus difficile. Je ne pensais pas que vous y arriveriez si vite. Et puis vous avez séduit Tom, mais Tom vous aime comme un frère. Vous avez aussi séduit David. Vous le savez. Mais faites attention, Isabelle. David est brutal, dur, exigeant. Il vous pliera, il vous brisera s'il le peut. C'est sa manière à lui. Vous avez aussi fait la conquête de Sean Galway : c'est un séducteur. Croyez-moi, Isabelle, je sais ce que je dis.

Elle adressa un regard désolé à son frère qui lui tapota la main et lui fit signe de continuer. Les paroles de sa sœur trouvaient en lui un écho profond.

— Et puis, Isabelle, il y a Fergus. Vous savez qu'il est fiancé à Sally. Je vous ai déjà dit pourquoi et comment. Je ne connais pas les sentiments exacts de mon frère pour Sally. Il est trop secret. Mais je sais que ce mariage ne lui convient pas. Il ira jusqu'au bout, parce que les Finnegan ne reculent jamais devant ce qu'ils ont commencé. Nous sommes ainsi, il faut que nous finissions ce que nous avons commencé, quoi qu'il en coûte... Mais, Isabelle, je vais vous dire le fond de ma pensée : je crois que Fergus, lui aussi, a subi le charme « Isabelle Marchand ». Il vous rejette parce qu'il n'a pas le choix. Mais je crois que s'il pouvait choisir entre Sally et vous, c'est vers vous qu'il irait...

Des larmes montèrent aux yeux d'Isabelle. A quoi lui servait que Fergus éprouvât plus que de l'amitié pour elle si c'était une autre qui devait lier sa vie à la sienne ? Mais simultanément, une joie énorme l'envahit. Elle ne lui était donc pas indifférente ?

Mais alors, pourquoi l'avoir traitée aussi mal

depuis qu'il était monté dans la voiture, au retour de Cork.

— Maureen, je vous remercie de tout ce que vous venez de dire. Et vous aussi Harry. Cela me fait du bien. Mais je ne voudrais pas que vous pensiez...

— Nous ne pensons rien du tout, Isabelle. Nous savons tous que nous ne voulons pas vous voir partir ! Ce que je vous demande ce soir, c'est de défaire cette valise, de ranger vos affaires dans l'armoire, et de reporter votre décision. Réfléchissez ! Attendez quelques jours. Ni Harry ni moi ne parlerons de cette conversation. A personne.

Maureen s'était levée, imitée par son frère. Elle prit Isabelle dans ses bras et la serra contre elle. Harry lui tendit la main, un peu embarrassé. Mais Isabelle s'approcha de lui et l'embrassa sur les deux joues. Le jeune homme rougit et la regarda affectueusement.

— Je comprends maintenant « le charme Isabelle » !

Ils éclatèrent de rire tous les trois. Maureen et Harry se dirigèrent vers la porte, mais avant de sortir, Maureen se tourna encore une fois vers Isabelle.

— Il faut que je vous dise. Il y a vendredi un dîner chez les Mc Connell. Nous irons tous. Il y aura beaucoup de monde, c'est l'anniversaire de Sally...

— Je n'irai pas.

— Je pense au contraire qu'il vaut mieux que vous veniez, dit Maureen.

Harry et elle s'en allèrent cette fois. Isabelle

ouvrit la fenêtre et se pencha au-dehors. La baie de Bantry lui offrit le spectacle de son immobilité rassurante et mystérieuse. La nuit était douce et le rossignol qui avait accueilli la jeune fille le premier soir se mit à chanter à gorge déployée. Isabelle s'abîma dans ses pensées. Elle ne savait plus s'il lui fallait rire ou pleurer. Mais elle savait qu'il lui fallait faire face.

***

Les Mac Connell accueillirent leurs invités avec une affabilité souriante et courtoise. Sally était la reine de la soirée. Eblouissante dans une robe blanche, courte, qui laissait voir des jambes fines et nerveuses. Isabelle avait mis sa jupe longue et emprunté à Mary un corsage qui mettait en valeur ses seins parfaits et la minceur de sa taille. Elle avait ramené ses cheveux en un lourd chignon d'où s'échappaient quelques boucles.

— Vous êtes très belle mon enfant, dit Henry Mc Connell. Voulez-vous m'épouser ?

Il partit d'un grand rire sain et heureux. Sa femme sourit. Elle aimait son mari et s'extasiait encore devant ses plaisanteries.

Sally avait pris place au bout d'une grande table ornée de fleurs fraîchement coupées dans le jardin. Il y avait du mimosa, des roses et des fleurs des champs sur la grande nappe blanche.

A la droite de Sally, Fergus.

Isabelle le trouva très beau dans son costume gris foncé et sa chemise bleue qui mettait ses yeux en valeur.

Elle-même se trouvait placée à côté de Sean Galway.

— Je suis très heureux de vous retrouver, lui dit-il. La dernière fois que nous nous sommes vus, je vous avais demandé si vous vouliez déjeuner ou dîner avec moi. Je connais à Killarney deux ou trois excellents restaurants.

— Mais ne dînons-nous pas ensemble ce soir ?

— Avec cinquante personnes ? Ce n'est pas l'idée que je me faisais d'un dîner avec vous, à dire vrai.

« C'est un séducteur », avait dit Maureen. Isabelle constatait que la rousse Irlandaise avait raison. Sean était très beau, très attirant, très élégant. Isabelle lui sourit. Après tout, il n'était pas désagréable de laisser un homme comme Sean lui faire la cour. Mais c'était elle qui resterait maîtresse du jeu. Certes, elle manquait d'expérience, mais son intuition lui avait toujours permis d'éviter les pièges tendus.

Elle s'aperçut que Fergus la regardait furtivement. Elle fit mine de ne pas s'en apercevoir. Elle se pencha au contraire vers Sean.

— Parlez-moi de Dublin. Comment est-ce ?

— Si vous voulez, je vous y emmène demain. Je vous ferai faire le tour de tous les « singing pubs » (1). Dublin n'est pas une belle ville, mais elle a beaucoup de charme et on s'y sent bien. Alors, vous venez ?

Elle faillit dire oui. Mildred n'aurait sans

(1) Bars où les Irlandais se réunissent pour chanter et danser et où se produisent parfois des professionnels.

doute pas apprécié qu'elle s'en aille pour un jour ou deux sans lui en parler. Elle avait des devoirs à Kimberley. Et elle tenait à les remplir aussi bien que possible.

— Un autre jour peut-être.

— Ecoutez, reprit Sean, en attendant, je voudrais vous montrer un peu ce pays qui est le nôtre et que nous aimons tant. Venez faire des promenades à cheval. Vous savez monter, n'est-ce pas ?

— Oui, je sais monter. Je ne suis pas aussi bonne que vous, mais je sais me tenir sur un cheval. J'ai fait de l'équitation pendant plusieurs années.

— Eh bien, c'est formidable. On va organiser ça.

— Qu'est-ce que vous allez organiser ? intervint Mary. Elle se trouvait juste en face des deux jeunes gens et elle avait surpris leur conversation.

— Une grande promenade à cheval pour montrer les plages d'Irlande à Isabelle.

— Oh oui, c'est une chouette idée. On va tous y aller !

Faisant contre mauvaise fortune bon cœur, Sean affecta de battre des mains à son tour. Il eût préféré emmener Isabelle seule, mais les dés étaient jetés.

— Pourquoi pas dimanche ? On pourrait faire un grand circuit autour de la baie en partant d'ici, et pique-niquer en chemin.

— Sally, Sally, qu'est-ce que vous en pensez ? demanda Mary à la cantonade.

— Que faut-il que je pense de quoi ? dit gentiment Sally.

— Sean propose de faire dimanche un grand pique-nique à cheval, tous ensemble, pour montrer nos plages à Isabelle.

— Je pense que c'est une excellente idée. N'est-ce pas darling ?

Sally levait vers Fergus un visage tendre et heureux, image parfaite de la jeune fille amoureuse de son fiancé. Fergus prit sa main et la porta délicatement à ses lèvres.

— Je pense que c'est une très bonne idée, dit-il.

Il regarda Isabelle d'un air ironique et sceptique, comme pour se moquer d'elle encore une fois. Mais Isabelle n'était pas décidée à se laisser intimider. Elle lui fit une moue dédaigneuse que lui seul eut le temps d'apercevoir. Son visage se renfrogna et deux rides amères qu'elle ne lui connaissait pas apparurent aux commissures de ses lèvres. Fergus n'était pas content.

Il se tourna vers Sally et se força à sourire. La conversation devint générale et pendant un long moment, le joyeux tintamarre des verres et des assiettes se mêla au bruit des voix.

A la fin du repas, Henry Mc Connell se leva et porta un toast :

— Je bois à la santé de ma fille chérie. Je bois à ses vingt ans. Je bois à sa beauté. Je bois à son bonheur. Je bois à Fergus Finnegan, mon ami d'aujourd'hui et mon gendre demain.

Tout les verres se levèrent. Sally semblait radieuse. Isabelle lui sourit et leva son verre vers elle. Sally inclina doucement la tête, comme une princesse acceptant l'hommage de ses vassales. Un ange passa entre les deux jeunes filles.

— Je bois à Kean O'Reilly le marieur, railla Sean à mi-voix. Je bois au couple qui se déchirera bientôt. Je bois à vos yeux, Isabelle.

— A vous, Isabelle !

Elle avait à peine eu le temps de choquer son verre contre celui de Sean qu'elle devait faire face à David. Le cadet des Finnegan avait quitté sa place, dans le tohu-bohu général, et, son verre à la main, était venu vers elle.

— A vous, David !

Elle vit que Sean et David échangeaient des regards furieux. Les deux hommes avaient sans doute des comptes à régler ailleurs que sur les champs de course.

— A ma revanche, dit Sean.

— Il faudra que tu trouves un autre cheval pour me battre, Sean Galway. Manilla est formidable. Il n'y a pas un cheval comme elle dans tout le comté de Cork et il ne doit pas y en avoir beaucoup en Irlande !

— Je trouverai le cheval qu'il faut, ne t'en fais pas. La prochaine fois, tu resteras à trois longueurs.

— Vous n'avez pas fini de vous chamailler ? dit Isabelle. Comme si c'était important de gagner une course ou de la perdre. C'est du sport et rien d'autre. Vous n'êtes quand même pas des jockeys professionnels, que je sache.

— C'est vrai, reconnut David. Mais je vais vous dire, Isabelle. Quand je joue, c'est pour gagner ; quand je cours, c'est pour gagner. Et que Dieu me pardonne, j'ai bien gagné la dernière fois. J'aurais gagné même si Fergus n'était pas tombé sur cette haie. Quand je veux quelque chose, je finis toujours par l'obtenir, Isabelle !

L'avertissement était précis.

— Je vous crois, David, je vous crois.

Isabelle se sentit mal à l'aise sous le regard un peu fixe du jeune homme. « Quand je veux quelque chose, je finis toujours pas l'obtenir. » Elle se rappelait cette promenade avec David, le jour de son arrivée, et les questions directes du cadet des Finnegan. David ne faisait pas mystère de ses intentions. Il comptait bien conquérir Isabelle !

Il retourna à sa place après avoir vidé son verre en le levant vers Sean et la jeune fille.

— C'est un très bon cavalier, dit Sean. L'un des tout premiers d'Irlande. Il a déjà monté de bons chevaux dans des concours internationaux. Il n'a jamais gagné, mais il en est capable. Fergus aussi a disputé de belles épreuves. Il a gagné parfois. Indian Girl est un remarquable cheval.

Ainsi Fergus était de classe internationale. Isabelle en fut flattée, bêtement. Elle se reprit aussitôt. Cela ne lui donnait pas le droit de lui parler comme il l'avait fait l'autre jour après la bataille. Il n'avait aucun droit sur elle.

— Et vous, Sean, est-ce que vous montez aussi en concours hippique international ?

— J'ai essayé une fois ou deux, mais je ne suis pas encore de taille. Je peux gagner des courses comme Dunmanway, mais je n'arrive pas à la cheville de Fergus, ni même de David. Il n'empêche que je compte bien prendre ma revanche, foi de Galway.

Il prit la main d'Isabelle sous la table. Elle le laissa faire un très court instant, puis retira sa main. C'était un jeu. Et son honnêteté naturelle la poussait à ne pas jouer. Même si Sean était la séduction faite homme.

— Un peu de sérieux, monsieur Galway, s'il vous plaît, dit-elle en riant.

— Isabelle, je suis un garçon qui passe pour peu sérieux, mais je vais vous faire un aveu : Je n'ai pas l'habitude d'être troublé par les jeunes filles ! C'est la première fois. Il faut me croire.

Sa voix s'était faite plus grave, plus insistante. Mais Isabelle regardait Fergus à la dérobée. Il était seul, presque complètement isolé de la foule qui l'entourait, indifférent, même à Sally qui parlait avec son père. Son regard croisa celui d'Isabelle. Mais encore une fois il fit comme s'il ne l'avait pas vue.

Elle s'appliqua à mettre dans ses yeux une égale indifférence et consacra son attention à Sean Galway.

— Je vous crois, Sean, si vous voulez que je vous croie. Mais même si vous êtes sincère, je pense que vous vous trompez. Je ne ressemble peut-être pas aux jeunes femmes que vous fréquentez d'ordinaire. Je suis française, c'est tout !

— Vous n'avez aucune raison de me dire ça, Isabelle. Et le fait que vous soyez française ne change rien. Je vous l'ai dit : vous me troublez, vous me fascinez. Vous êtes différente. Permettez-moi aussi d'être différent à mon tour. Et pardonnez-moi si je vous choque. Nous autres, Irlandais, nous sommes directs.

— Je ne pense pas que tous les Irlandais soient aussi directs que vous le dites, Sean. Bien que j'en doute parfois. Allez, venez, Margaret O'Connell se lève. Nous pouvons donc nous lever aussi.

Ils quittèrent la table où les fleurs se fanaient doucement. Il lui offrit son bras et ils s'avancèrent vers le grand salon où le café et les liqueurs étaient servis. Isabelle affecta de ne pas voir les regards de Fergus et de David fixés sur elle. Mais elle croisa celui de Maureen. La jeune fille se dirigea vers elle et la prit à part, l'arrachant un instant à Sean.

— Vous vous débrouillez très bien, Isabelle. Mais attention à Sean ! Ne vous laissez pas atteindre. Il vous blesserait trop profondément... comme il m'a blessée ! Si je vous fais cette confidence, c'est parce que je vous aime bien.

Maureen se perdit dans la foule. Après une courte hésitation Isabelle reprit le bras de Sean qui l'avait attendue. Ils se mêlèrent à un groupe animé où se trouvaient déjà Tom, Harry, Sally, Fergus et deux jeunes gens qu'Isabelle ne connaissait pas. Ils parlaient du pique-nique équestre de dimanche.

Sally interpella Isabelle :

— Vous viendrez, n'est-ce pas ?

— Bien sûr ! Je ne voudrais manquer ça pour rien au monde. Et je serai ravie de monter en votre compagnie à tous.

Elle vit Fergus la considérer d'un air sarcastique en même temps que perplexe. Isabelle s'accrocha ostensiblement au bras de Sean.

CHAPITRE VIII

Mildred regarda s'éloigner ses sept enfants et Isabelle, ce dimanche de printemps. Elle avait fait installer son fauteuil sur la terrasse pour profiter du soleil. La journée serait superbe. Fergus montait Indian Girl et la belle jument caracolait souplement sous la main ferme de son cavalier. Isabelle chevauchait Rajah, un hongre de dix ans, à la robe noire. Elle le sentait vif et nerveux. Elle regretta de ne pas être montée à cheval depuis longtemps ; mais elle sut aussi, très vite, qu'elle n'avait rien perdu de ses qualités d'écuyère et qu'elle ne déparerait pas le groupe des Finnegan.

— Vous montez bien, Isabelle, dit Mary.

— Qu'en savez-vous ? Nous ne sommes même pas encore partis.

— Oh, ça se voit.

Isabelle fut sensible au compliment.

Il leur fallut une demi-heure pour rejoindre un groupe formé par les Mc Connell, Sean Galway et sa sœur, et deux amis de Sally que les Finnegan saluèrent comme de vieilles connaissances.

— Le pique-nique nous attend à Farmhill, dit Sally. Il ne faudra pas trop traîner. Allons-y.

Elle était aussi élégante que d'habitude. Isabelle nota qu'elle portait des jodhpurs de drap admirablement coupés ; sa veste de tweed s'harmonisait avec le pull-over beige qu'elle portait à même la peau. Elle était superbe, sûre d'elle, dominatrice, et montait un alezan puissant, fait pour sauter les haies des champs et les ruisseaux.

— C'est un vieux cheval, dit Sally, mais je l'aime bien ; et il est formidable pour chasser à courre.

David et Sean prirent la tête du groupe, mirent leurs chevaux au trot. Fergus essayait de calmer Indian Girl, excitée par la présence des autres bêtes. Elle se cabrait et ruait ; mais Fergus se contentait d'accompagner ses mouvements sans paraître bouger. Il faisait corps avec Indian Girl et lui parlait doucement pour la calmer. « Il parle plus doucement à son cheval qu'aux femmes », pensa Isabelle.

— Le premier arrivé à la mer ! lança soudain Sally.

Elle enfonça ses éperons dans le ventre de son cheval qui partit au galop le long d'un chemin creux bordé de mûriers. Au bout, très loin, on devinait en effet la mer. Tous les chevaux suivirent celui de Sally.

Isabelle laissa aller Rajah, heureuse de sentir le vent fouetter son visage, heureux du plaisir de cette course un peu folle. Elle prenait pourtant grand soin de contrôler sa monture. Quatorze chevaux lancés à toute allure dans ce chemin étroit, c'était risqué.

Sally galopait devant. Le hasard avait voulu que Sean et Isabelle la suivissent immédiatement. Le cheval de Sean commença de rattraper celui de Sally. Et Rajah à son tour se mit en devoir de passer la fiancée de Fergus. Le cheval de Sally était fait pour résister à de longues fatigues. Mais il n'était pas de taille à affronter les pur-sang de Sean ou d'Isabelle.

Quand Rajah dépassa Sally et que sa croupe fut à la hauteur de la jeune fille, celle-ci leva sa cravache et l'abattit d'un geste furieux sur l'animal. Rajah, en pleine course, fit un bond fantastique, projetant Isabelle sur son encolure. Elle faillit lâcher et se raccrocha à la crinière puis reprit son équilibre. Il s'en était fallu d'un rien qu'elle ne tombe...

Les chevaux, lancés dans ce chemin étroit, n'auraient, alors, pas manqué de la piétiner. C'était inévitable ! Il n'y avait aucune marge de manœuvre possible. Les cavaliers n'auraient pu ni s'écarter ni s'arrêter...

Sean atteignit la plage bon premier et mit son cheval au pas. Il se retourna pour attendre les autres, qui arrivaient avec de grands rires heureux. Personne, apparemment, n'avait vu le geste de Sally. Et Isabelle dut essuyer les railleries de David.

— Vous avez bien failli tomber, ma belle. Qu'est-ce qui vous a pris ?

— Je pense que Rajah a été piqué par une guêpe, répondit Isabelle qui en était sincèrement convaincue.

— Je crois, moi, que c'était une drôle de bête, dit Tom.

Il regarda Sally droit dans les yeux. Mais elle détourna son regard et s'adressa à Fergus.

— Darling, préférez-vous que nous passions par la plage ou par la lande pour arriver à Farmhill ?

— Comme vous voudrez, cela m'est égal.

— Par la plage, demanda Mary.

— D'accord, par la plage.

Ils remirent leurs chevaux au petit trot et suivirent paisiblement le bord de la mer.

Sean et David se rapprochèrent ensemble d'Isabelle. Ils encadrèrent Rajah. Mais ils ne purent guère échanger que des platitudes. Les deux hommes se neutralisaient.

Fergus s'approcha à son tour d'Isabelle.

— Je voudrais regarder Rajah de près, s'il vous plaît. Le bond de tout à l'heure m'inquiète. Cela vous ennuierait de descendre une seconde ?

Isabelle tira doucement sur les rênes et sauta à terre. Fergus en fit autant. Il se pencha sur les sabots de l'animal, Isabelle sur son épaule. Elle n'avait pas sa science des chevaux, mais en savait assez pour comprendre ce qu'il lui expliquait. Ils étaient presque serrés l'un contre l'autre, percevaient leurs souffles. Fergus affecta de ne pas le remarquer, bien qu'il prolongeât l'examen du pied de Rajah plus qu'il n'était nécessaire.

Quand il se releva, il était légèrement congestionné. Sa foix s'efforça à la neutralité.

— Apparemment, il n'a rien. Mais faites attention. Tenez-le de près. Et pendant que j'y pense, ne lui laissez jamais baisser l'encolure trop longtemps. Il risque de prendre le mors aux dents. Vous ne pourrez plus l'arrêter !

Fergus sauta en selle d'un geste léger et tout le

groupe reprit sa promenade. Il faisait très beau et la mer bruissait lentement sur le sable.

Isabelle surveillait Rajah. Elle se sentait maintenant inquiète. Le fait que Fergus soit venu lui-même examiner le cheval et son avertissement lui semblaient de mauvais augure. Cette promenade ne l'intéressait plus. Mais il lui fallait faire bonne figure. Après tout, Sean l'avait organisée pour elle...

Tom approcha son cheval de celui de Sally. Elle tenta de l'éviter en prenant un petit galop qui l'écartait des autres. Mais il la rejoignit.

— Je vous ai vue tout à l'heure. Vous avez failli la tuer !

— Moi ? De quoi parlez-vous, Tom ? Qui ai-je failli tuer ? Je ne comprends pas.

— Le coup de cravache à Rajah, c'était pour vous amuser ?

— Quel coup de cravache à Rajah ?

— Vous niez vraiment avoir cravaché le cheval d'Isabelle ?

— Tom, vous êtes fou ! Je n'ai cravaché personne. Et je vous prie de me laisser tranquille.

Elle tourna bride et laissa le jeune homme furieux et perplexe. Que faire ? Il ne voulait pas en parler à Isabelle. Il ne pouvait pas non plus avertir Fergus, il s'agissait de sa fiancée. Restait Maureen. A elle, il pourrait ouvrir son cœur. Elle saurait ce qu'il faudrait faire.

Mais au moment où il s'approchait de sa sœur, il vit Fergus rassembler ses rênes et resserrer son emprise sur la bouche d'Indian Girl.

— On galope tranquillement jusqu'au bout de la plage, proposa Fergus. On s'arrête avant la barre rocheuse et on remonte par la lande jusqu'à Farmhill.

Il mit Indian Girl au petit galop d'une simple pression des jambes, et partit en tête. Isabelle le regarda un instant avant de prendre le galop aussi. Fergus était si beau sur son cheval, il avait une telle élégance naturelle que la jeune fille éprouva pour lui une admiration profonde.

Fergus l'avait parfois impressionnée il l'avait aussi exaspérée. Elle avait voulu quitter Kimberley à cause de lui. Mais en le voyant galoper sur sa jument, elle sut que si elle partait, quelque chose se briserait en elle à jamais. Aucun homme ne le valait : Rajah accéléra le rythme. Elle voulait le contenir, mais il n'obéissait pas vraiment. Il hochait la tête de bas en haut et Isabelle se rappelait ce que lui avait dit Fergus : ne jamais lui laisser baisser l'encolure trop longtemps... Mais c'était trop tard. Rajah venait de prendre le mors aux dents. Fergus cria. Elle ne comprit pas. Elle était déjà à vingt mètres devant le groupe.

Elle tira comme une folle sur les rênes et tenta d'appliquer ce qu'on lui avait appris au manège : quand un cheval s'emballe, essayer de le faire tourner en tirant sur une seule rêne, de manière à le déséquilibrer ! Mais rien n'y fit. Rajah allongeait sa foulée sur le sable ferme, tout au bord des vagues.

Les lèvres serrées, Isabelle essayait encore de le freiner. Sauter eût été un suicide. Il n'y avait rien d'autre à faire qu'à se battre. Elle pensa à ce qu'avait dit Fergus : on galope jusqu'à la barrière rocheuse.

C'était une avancée rocheuse qui plongeait dans la mer. Ni très longue ni très haute, elle était néanmoins trop large pour que Rajah puisse la franchir. Et il se précipitait vers elle à une allure terrifiante. Isabelle fit encore une tentative. Le corps entièrement rejeté en arrière, elle baissa les mains en tirant sur les rênes. Mais Rajah, l'écume à la bouche, le souffle haletant, ne céda pas.

Je vais mourir pensa Isabelle.Je vais mourir parce que je suis incapable de maîtriser cet animal. Mais je ne veux pas mourir, ô mon Dieu, je ne veux pas !

Elle se prépara à sauter. C'était follement dangereux, mais elle n'avait plus le choix. Rajah n'avait toujours pas vu l'obstacle.

Elle entendit soudain les sabots d'un cheval marteler le sol derrière elle. En un éclair, elle se retourna. Fergus arrivait.

Indian Girl dévorait littéralement l'espace, sa longue crinière flottant au vent. Penché sur son encolure, il l'encourageait à grands cris : plus vite ma belle, plus vite, va, va !

Et Indian Girl gagnait du terrain. Sa tête arriva à la hauteur de la croupe de Rajah. La barrière de rochers n'était plus qu'à cent mètres. Infranchissable...

Isabelle hurla. Elle allait se tuer. Rien ni personne ne pourrait empêcher Rajah de sauter l'obstacle. Le cheval fou se ruait dessus. Indian Girl était maintenant à sa hauteur. Le regard rivé sur les rochers, les bras désespérément tendus sur les rênes, Isabelle se préparait au pire.

— Lâchez les étriers, hurla Fergus, lâchez tout, lâchez tout !

Isabelle avait à peine entendu. Elle obéit pourtant sur-le-champ ; abandonnant les étriers, laissant les rênes flotter sur le cou de Rajah. Elle sentit alors le galop démentiel d'Indian Girl à ses côtés, elle entendit encore Fergus hurler quelque chose qu'elle ne saisit pas. La barre était à vingt mètres.

Alors Fergus se pencha vers elle. De la main gauche il tira sur les rênes d'Indian Girl pour l'arrêter ; son bras droit encercla la taille de la jeune fille. Avec l'énergie du désespoir il la tira vers lui, l'arrachant à Rajah. Les jambes serrées sur les flancs de la jument, tout son corps tendu en un effort suprême, il soutint Isabelle pendant quelques instants.

Mais sous cette charge imprévue, Indian Girl fléchit un peu, puis trébucha, faillit tomber et se rattrapa de justesse, les jambes frémissantes, la bouche écumante, sa robe couverte de sueur. Tenant toujours Isabelle qu'il venait d'arracher à la mort, Fergus essaya de se rétablir. Mais le déséquilibre imposé à sa monture et le poids de la jeune fille étaient excessifs. Il dut lâcher Isabelle. Elle chuta lourdement sur le sable. Sa tête heurta un rocher qui effleurait à peine. Elle perdit connaissance.

Au même instant Rajah, voyant enfin la barrière rocheuse, fit un écart d'une violence incroyable et se jeta dans la mer pour éviter l'obstacle. Il n'y parvint pas complètement et tomba lui aussi.

Fergus sauta à terre et se précipita. Isabelle

était pâle comme une morte. Les yeux clos, les lèvres pincées, ses cheveux blonds répandus autour d'elle, elle gisait sur le sable sans faire un mouvement. Fergus lui souleva la tête. Elle n'eut aucune réaction. Il lui tapota maladroitement les joues. Elle ne bougea pas.

— Mon Dieu, elle s'est ouvert le crâne !

Maureen venait à son tour de mettre pied à terre. Elle avait suivi la course folle de Rajah et la tentative désespérée de Fergus sans pouvoir intervenir. Elle s'était hâtée de toute la vitesse de son cheval, suivie de ses frères et sœurs et de ses amis.

L'un des camarades de Sally se pencha sur la jeune fille. L'air brusquement préoccupé, il souleva les paupières d'Isabelle, lui prit le poignet.

Tim O'Grady était médecin depuis trois mois.

Il tint longtemps le poignet d'Isabelle entre ses doigts, comptant les battements du pouls. Il examina ensuite la tête de la blessée, souleva les cheveux blonds d'un geste délicat.

— Je crains que ce soit plus grave qu'il n'y paraît. Elle a sans doute une commotion cérébrale. Cela peut n'être rien du tout. Mais cela peut être très grave. Il faut la conduire d'urgence à l'hôpital.

Fergus mit alors un genou en terre et prit Isabelle dans ses bras. Il se releva lentement et donna ses ordres.

— Tom et Gregory, filez jusqu'à la ferme des Donnegan. Elle est juste derrière. Ils ont le téléphone. Appelez l'hôpital de Dingle. Dites qu'ils nous envoient une ambulance chez les Donnegan avec une équipe de réanimation s'ils en ont une. Harry et Mary, allez prévenir à Farmhill. Avertissez Mildred. Tim, si vous connaissez un homme qui soit le meilleur spécialiste d'Irlande de ce genre de traumatisme, demandez-lui de prendre contact avec l'hôpital de Dingle. Maureen, reste avec moi. Sean aussi, tu m'aideras à la porter si je n'y arrive pas tout seul. Sally, allez chercher Rajah, s'il vous plaît, et ramenez les chevaux. Ceux que vous ne pourrez pas tenir rentreront seuls. On les retrouvera toujours.

Fergus se mit alors en marche, Isabelle dans ses bras. Il était aussi pâle qu'elle. Il avançait dans le sable à grandes enjambées calmes et puissantes. Sean et Maureen marchaient à côté de lui. Ils l'entendirent et se regardèrent stupéfaits. Fergus s'exprimait en gaélique. Ils reculèrent car l'entendre devenait indiscret.

— Isabelle ma très douce, ma très belle, je vous en prie, ouvrez les yeux et regardez-moi ! Isabelle, je vous en prie, regardez-moi. Je suis Fergus. C'est moi qui vous ai enlevée de votre cheval. Mais tout est de ma faute. Je n'aurais jamais dû vous donner Rajah. Il était trop dangereux. Isabelle, ouvrez les yeux je vous en prie.

Maureen bouleversée, ralentit le pas. Elle retint Sean qui voulait aider Fergus à porter la jeune fille.

— Laissez-le tranquille. Ça le calme de la porter.

Elle ne voulait pas que Sean surprenne à son tour les paroles de Fergus.

Isabelle ne bougeait toujours pas. La tête

reposant sur le coude de Fergus, elle demeurait complètement inerte, les bras pendants, les jambes molles. Son visage était livide.

— Isabelle, Isabelle, poursuivit le grand Irlandais, Isabelle pardonnez-moi !

Les yeux fixés sur ceux de la jeune fille, Fergus avançait plus lentement. La fatigue se faisait sentir. Il escalada pourtant la côte escarpée qui permettait de quitter la plage et prit le chemin de la ferme des Donnegan.

Alertés par Tom, Mary Donnegan arrivait en courant. Elle jeta un œil sur Isabelle et recommanda :

— Surtout ne la secouez pas. Doucement, tout doucement, my boy.

Elle installa Isabelle sur son propre lit et lui essuya le visage d'un geste maternel.

— Il ne reste plus qu'à attendre. Ils ont dit, à l'hôpital, qu'ils envoyaient une ambulance tout de suite.

— Que s'est-il passé, interrogea-t-elle en se tournant vers Sean.

Le jeune homme commença d'expliquer. Une sirène l'interrompit. Deux infirmiers suivis d'un médecin entrèrent dans la pièce. Le praticien eut un bref coup d'œil pour Isabelle.

— Emmenez-la. Doucement. Mademoiselle, venez avec nous si vous le souhaitez.

Maureen se retourna en passant la porte. Elle vit le visage hagard de Fergus. Il demeurait immobile, inutile désormais, la tête basse, les mains vides, la gorge serrée. Elle eut pitié de son frère. Il souffrait plus qu'Isabelle. Mais c'était son secret. Elle se jura de ne pas le trahir.

CHAPITRE IX

Situé sur les hauteurs du petit port, l'hôpital de Dingle était une grande bâtisse blanche et sans grâce mais il était bien équipé. Isabelle fut soigneusement examinée par toute une équipe de médecins en blouse verte, radiographiée et auscultée sur toutes les coutures.

— Elle souffre d'une bonne commotion, confirma le médecin-chef. Mais rien n'est atteint, ni dans le cerveau ni ailleurs. Il faut simplement souhaiter qu'elle se rétablisse vite. Nous ne pouvons rien de plus pour elle.

— Combien de temps, docteur? demanda Maureen.

— Deux heures, trois jours, six mois... Pardonnez-moi, je ne puis être plus précis. Faites confiance à sa constitution. Elle est jeune, en parfaite santé...

On venait d'amener en salle d'urgence un pêcheur du port qui s'était arraché le bras dans un treuil. Le médecin-chef les quitta.

La journée se passa calmement pour Isabelle. Elle n'avait pas repris connaissance. Elle respirait régulièrement mais n'ouvrait pas les yeux.

Mildred elle-même était venue la voir. Elle avait tenu, dès qu'elle avait appris l'accident, à se faire transporter à Dingle. C'était pour elle une épreuve fatigante, mais elle était restée un long moment au chevet de la jeune Française.

— C'est un peu comme si c'était ma propre fille, dit-elle à l'infirmière. Je l'aime beaucoup, bien qu'elle ne soit à Kimberley que depuis peu de temps.

Au moment où Mildred allait partir, un jeune homme arriva, porteur d'une énorme gerbe de fleurs. Non pas d'un bouquet comme on les fait dans les grandes villes, mais d'un assemblage somptueux de grandes fleurs chatoyantes qui illuminèrent la chambre vert clair d'Isabelle.

Il y avait un petit mot épinglé au bouquet. « Tenez bon, Isabelle. Je pense à vous. Sérieusement. Sean. »

Mildred lut la carte : elle était tombée de son enveloppe. Il était difficile de ne pas la lire. Madame Finnegan sourit. Ce coureur de Sean Galway... Elle se rappela que Maureen avait souffert par sa faute. Mais elle ne pouvait pas lui en vouloir. Ce qui s'était passé entre sa fille et le séduisant fils des Galway ne la regardait pas.

Quand Mildred partit, portée par Tom et Harry, ce fut au tour de Maureen de venir voir Isabelle. Elle aussi lut le mot de Sean, mais celui-ci l'atteignit plus qu'elle ne l'aurait voulu. Après tant de temps, elle était encore mal guérie. Elle rangea la carte dans son enveloppe et se pencha vers Isabelle.

— Mon Dieu, faites qu'elle se réveille bientôt, faites qu'elle s'en sorte, faites que les Finnegan ne portent pas ça sur leur conscience !

Elle était plongée dans sa prière muette quand

Fergus entra. Il alla droit au lit d'Isabelle et lui aussi contempla longuement le visage pâle de la jeune fille. Il murmura quelque chose que Maureen ne comprit pas. Mais quand il se retourna vers sa sœur, elle vit qu'il était bouleversé. Il n'essaya pas de s'en cacher. Et Maureen lui sourit avec une tendre complicité. Je connais ton secret, disait son sourire. Mais je ne le dirai à personne.

Le frère et la sœur se sentirent parfaitement complices ; ils n'avaient pas besoin de se parler.

— Qu'as-tu fait de Rajah ?

Une ombre voila le visage de Fergus.

— Il faudra sans doute l'abattre. Le vétérinaire pense qu'il ne s'en remettra pas. Si la fracture est légère, ça ira. Sinon... De toute façon, je ne veux plus voir ce cheval ; c'est à cause de lui qu'elle est là. Et peut être aussi à cause de moi !

— Tu n'y es pour rien, Fergus. Elle montait suffisamment bien pour maîtriser Rajah ce n'était pas un cheval dangereux. En tout cas, il ne l'avait jamais été.

Maureen faillit lui rapporter l'incident du coup de cravache de Sally. Tom le lui avait raconté ; il ne voulait pas garder ça pour lui. Et Maureen pensait que la douleur éprouvée par Rajah à ce moment l'avait peut-être rendu hyper-nerveux, voire dangereux. Mais elle n'en était pas sûre. Elle préféra se taire.

— Si ce soir elle est encore comme ça, il faudra prévenir son oncle et sa tante, reprit Maureen. Nous n'avons pas le droit de leur cacher la vérité.

— Nous verrons ce soir.

La porte s'ouvrit sur Margaret Mc Connell et Sally. La mère et la fille étaient venues faire une visite de courtoisie à la blessée. Mais Margaret partit très vite.

— Excusez-moi Maureen, je ne peux pas rester longtemps. Il faut que j'aille à Dublin avec Henry. Je laisse Sally. Vous pourrez la ramener, Fergus ?

— Naturellement.

Il avait répondu d'une voix sèche et coupante. Maureen le regarda avec étonnement. D'ordinaire, il se maîtrisait mieux. Elle se tourna ensuite vers Sally. Impeccablement maquillée, coiffée et vêtue, elle semblait sortir d'un salon pour se rendre dans un autre ! Les trois visiteurs d'Isabelle échangèrent des propos sans importance. Sally sentait le regard de Maureen la scruter. Elle était mal à l'aise.

Fergus se leva.

— Maureen, il faut que je rentre à Kimberley m'occuper de cet arrivage de poulains. Mais je reviendrai ce soir. Veille bien sur elle. Si elle se réveille, appelle-nous tout de suite. Vous venez Sally ?

Il y eut un long silence dans la voiture que Fergus conduisait avec une application excessive. Et puis Sally explosa.

— Je vous trouve bien attentionné pour cette petite nurse de rien du tout.

Fergus ne répondit pas. Il arrêta la voiture devant un troupeau de moutons qui traversait. Le berger le salua.

— Oubliez-vous que nous sommes officiellement fiancés, mon cher Fergus ? Oubliez-vous que nous devons nous marier à la fin de l'année ? Ou bien est-ce trop vous demander, sinon de jouer les amoureux passionnés, du moins d'avoir pour moi un minimum d'égards.

— Je n'oubie rien de tout cela.

— Fergus, est-ce que vous m'aimez ?

— C'est bien la première fois que vous me posez cette question. Et vous, est-ce que vous m'aimez ? Non, bien entendu. Vous savez aussi bien que moi le rôle qu'a joué Kean O'Reilly dans cette affaire.

— Laissez O'Reilly tranquille. Mais laissez aussi cette petite Française minable qui ne sait même pas monter à cheval et qui n'est jamais allée à Paris. Ce n'est qu'une gamine. Mais, apparemment, elle vous a tous tourné la tête !

— Vous êtes jalouse ?

— Moi ? De cette Isabelle ? Vous plaisantez ? Je ne vais quand même pas m'abaisser à ce genre de sentiment.

— Sally, vous vous trompez lourdement. Isabelle est une jeune fille tout à fait digne de n'importe qui. Ma mère, elle, la trouve très bien et si elle fait la conquête de tout le monde, comme vous dites, c'est qu'elle a du cœur et qu'elle est d'une gentillesse extraordinaire. Et puis, ne vous en déplaise, c'est vrai qu'elle est jolie. Je dirai même plus que ça : elle a un charme terrible...

Si seulement Isabelle avait pu l'entendre !

— Oui, c'est ce que pense Sean !

Fergus se rembrunit. L'allusion à Sean ne lui plaisait pas.

Sally sentit qu'elle avait visé juste.

— A moins que ce ne soit votre frère David qui ait sa préférence ? Lui aussi tourne autour d'elle comme un paon vaniteux. Il ne manquait plus que vous. Apparemment c'est fait. Pas mal...

— Je ne tourne autour de personne, Sally. Et vos insinuations sont déplaisantes. Je vous en prie, arrêtez !

— Je m'arrêterai quand je voudrai, Fergus Finnegan. J'aimerais seulement vous répéter que nous sommes fiancés. Je ne veux pas avoir l'air ridicule, c'est tout. Et je vous rappelle les termes de notre accord. C'est avec moi que vous êtes fiancé. C'est entre les Mc Connell et les Finnegan que les choses se passent. Elles sont sérieuses, Fergus. Et je ne vous permettrai pas de faire n'importe quoi.

Fergus ne répondit plus. Ils étaient arrivés chez Sally. Il ne descendit même pas pour lui ouvrir la portière et resta derrière son volant, attendant qu'elle s'en aille. Elle demeura sur son siège, attendant, elle, qu'il se décide. Mais il ne bougea pas.

Sally prit alors son sac, ouvrit la portière, sortit, le visage blanc de rage, et s'éloigna. Mais elle revint sur ses pas au moment où Fergus passait en première. Elle se pencha à la fenêtre.

— Vous me le paierez, Fergus, foi de Mc Connell. Et votre petite garce me le paiera aussi, je vous le jure.

Fergus haussa les épaules et embraya lentement. Sally resta plantée là et brandit le poing en direction de la voiture qui s'éloignait. Deux employés du domaine qui passaient la regardèrent avec étonnement. Elle leur montra le poing aussi. Ils ricanèrent. Ce n'étaient pas des manières de demoiselle.

***

Fergus travailla tard ce soir-là. Il avait réuni à Kimberley d'autres éleveurs de la région, préoccupés comme lui de la situation des exportations vers le continent. La réunion fut houleuse.

Quand il en sortit, Fergus monta en voiture sans prendre la peine de dîner et s'en fut droit à l'hôpital de Dingle. On le laissa monter sans difficulté dans la chambre d'Isabelle. La jeune fille dormait toujours. Son beau visage reposait au milieu de la masse des cheveux blonds, désarmé, terriblement attendrissant.

Fergus lut à son tour le petit mot de Sean Galway. Il sonna. Quand la femme de salle entra, il lui ordonna sèchement d'enlever les fleurs.

Fergus s'installa alors dans un fauteuil de tubes métalliques et de toile. Il allongea ses grandes jambes et se laissa aller en arrière. Il était épuisé de fatigue. Il compara le charme d'Isabelle, dormant devant lui, à la violence de Sally. Sa fiancée était belle aussi, mais elle n'avait pas la séduction secrète d'Isabelle. Et la brutalité de la scène qu'elle lui avait faite dans la voiture le fit soupirer.

Il se pencha sur le visage d'Isabelle. Elle respirait lentement, profondément. Il passa la main sur son front et rejeta une boucle blonde en arrière. Isabelle ne bougea pas. Il se demanda combien de temps elle resterait dans ce coma. Deux jours ou six mois, avait dit le médecin-chef...

La nuit était déjà avancée lorsque Isabelle ouvrit les yeux, comme si elle sortait d'un sommeil normal. Elle regarda autour d'elle. Elle ne se souvint pas tout de suite de l'accident, se demanda où elle se trouvait. Son regard tomba sur Fergus.

Il dormait dans le fauteuil, les jambes étendues devant lui, la tête droite, les mains posées sur les accoudoirs du fauteuil. Il semblait rajeuni et le dur visage impérieux s'était adouci dans le sommeil.

Isabelle ferma de nouveau les yeux. C'était certainement un rêve. Mais elle les rouvrit. Cela lui demanda un effort considérable. Elle y parvint et, toujours sans bouger la tête, regarda de nouveau vers le fauteuil. C'était bien Fergus !

Un immense bonheur la submergea. Il était là ! Il était venu pour elle. C'était lui et personne d'autre qui veillait sur elle !

Elle voulut parler, le réveiller, lui poser des questions. Tout lui revenait en effet. Rajah fonçant vers les rochers, le galop fou d'Indian Girl, le bras de Fergus autour de sa taille, l'extraordinaire sensation d'être enlevée en plein galop de sa selle, et la chute. Le noir... Tout lui apparut clairement. Mais depuis combien de temps était-elle là ? Et depuis combien de temps Fergus était-il à son chevet ?

Elle ouvrit la bouche mais aucun son n'en sortit. Elle était trop faible pour parler. Elle voulut aussi lever la tête mais elle en fut incapable.

Elle laissa errer ses pensées ; mais elles revenaient toujours au même sujet : Fergus dormait à côté d'elle ! Deux larmes perlèrent à ses yeux. Elle tenta de les essuyer, mais elle ne put même pas lever la main !

Isabelle referma les yeux et retomba dans son profond sommeil. L'effort l'avait anéantie.

Quand Fergus se réveilla à son tour, il vit que la jeune fille dormait toujours. Il se pencha de nouveau sur elle et lui effleura le front, doucement, tendrement, comme on caresse le front d'un enfant. Elle ne se réveilla pas.

— Sweet heart, mon doux cœur, réveillez-vous vite.

Isabelle ne l'entendit pas davantage. Il passa ses mains dans ses cheveux et s'étira. Il était un peu courbatu. La nuit avait été brève. Mais il se jura de revenir. C'était son affaire de veiller sur Isabelle !

Isabelle reprit conscience un peu plus tard pour la seconde fois. Le bruit fait dans les couloirs de l'hôpital l'avait tirée de son sommeil. Elle chercha des yeux la grande silhouette de Fergus. Il n'y avait pas de Fergus. Avait-elle donc rêvé ?

Elle voulut machinalement se frotter les yeux mais, une fois de plus, fut incapable du moindre geste. Pourtant, Fergus avait été là, elle en était sûre. Mais quand ? Et combien de temps était-il resté ? Et puis, était-ce bien lui ?

Une infirmière entra. Isabelle voulut lui parler, bouger la main pour montrer qu'elle existait, qu'elle comprenait, qu'elle n'était plus dans le coma. Mais elle ne parvint à rien. Une pensée horrible la traversa : « Je suis paralysée, je ne pourrai plus jamais bouger de ma vie ! »

Mais cela même était au-dessus de ses forces. Elle entendit l'infirmière appeler une de ses collègues, sentit qu'on la soulevait, qu'on tirait ses draps. Elle crut saisir que les deux femmes parlaient d'un certain Jim qui avait encore fait des siennes, mais elle était trop faible pour comprendre.

La porte se referma sur les deux infirmières. Isabelle se sentit épouvantablement seule. Elle souhaita être morte. Ne pas bouger, ne pas comprendre, ne rien faire, était-ce vivre ? Mais son cœur lui disait qu'elle n'était pas morte, que Fergus était bel et bien venu cette nuit. C'était lui qui avait dormi dans le fauteuil. Elle en était sûre. Elle se rendormit...

Maureen entra, plus tard. Le médecin-chef lui avait permis de venir avec lui. En fait, le praticien était sensible aux yeux verts et au charme de la jeune Finnegan et lui aurait accordé n'importe quoi dans son hôpital.

Il prit le pouls d'Isabelle. Il battait doucement. Il souleva ses paupières. Isabelle ne réagit pas. Il prit sa main, la souleva et la laissa retomber, inerte. Se tourna vers Maureen il lui posa la main sur l'épaule.

— Cela ne veut rien dire. Elle peut se réveiller d'une minute à l'autre. Elle va aussi bien que possible. Mais je ne peux rien pour elle. Ni moi, ni vous, ni personne...

Maureen hocha la tête, incrédule.

— Peut-on la transporter à Kimberley ?

— Oui, bien sûr. Mais je souhaiterais qu'elle reste encore ici un jour ou deux. Si elle demeure dans cet état, il est préférable de pouvoir intervenir à tout moment. Mais ensuite, si vous le souhaitez...

Rentrée à Kimberley, Maureen consulta sa mère. Puis elles envoyèrent un télégramme à Jean et Mathilde Marchand.

— Mais si Isabelle doit rester quelque part en attendant de guérir, c'est à Kimberley et pas ailleurs ! constata Maureen.

— Tu as peut-être raison ma fille, dit Mildred, mais son oncle et sa tante sont ses seuls parents... pour l'instant.

La vieille dame répéta, pensive : « Pour l'instant ».

CHAPITRE X

Jean et Mathilde ne parlaient pas l'anglais. Mais l'hôpital de Dingle les accueillit avec une grande gentillesse. Ils étaient les parents de la jeune Française. Cela suffisait. En deux jours, tout le personnel de l'hôpital avait été ému par le sort de la jeune fille qui reposait sur son lit. Elle n'avait pas vraiment repris connaissance. Des moments de lucidité, certes, mais si brefs, et elle retombait dans sa torpeur.

Fergus était revenu la voir souvent. Il avait encore passé une nuit entière dans le fauteuil de toile. Mais Isabelle ne s'était pas réveillée cette nuit là ! Fergus était de plus en plus soucieux, de plus en plus sombre lorsqu'il revenait à Kimberley...

Jean et Mathilde s'approchèrent bouleversés. L'enfant qu'ils avaient élevée avec toute leur tendresse, à qui ils avaient donné le meilleur d'eux-mêmes, était là, belle, pure, indifférente. Et peut-être indifférente à jamais !

— Isabelle, dit doucement Mathilde, Isabelle, c'est moi, Mathilde. Isabelle, parle-moi, je t'en prie.

Alors il y eut un miracle ! Isabelle secoua

d'abord la tête, comme si elle luttait contre elle-même, comme si elle essayait de se convaincre. Et elle souleva très lentement les paupières en entendant la voix familière. Ce fut très bref : Mathilde et Jean éclatèrent en sanglots.

— Elle m'a reconnue, s'écria Mathilde, elle m'a reconnue !

Elle sonna et demanda, dans un jargon franco-anglais épouvantable, que le médecin vienne. Il fallut attendre. Il opérait. Quand il fut là, Jean entreprit de lui raconter ce qui s'était passé.

Il hocha la tête approbateur et leur sourit.

— Restez là, continuez. C'est peut-être le meilleur moyen de la tirer d'affaire. Si vous le souhaitez, je vais vous faire donner une chambre.

— Mais votre chambre vous attend à Kimberley, dit Mary, présente à l'entretien. Elle avait conduit Jean et Mathilde à Dingle. Fergus lui avait demandé de rester à leur disposition et de leur servir d'interprète.

— Je préfèrerais dormir ici, insista doucement Mathilde, si votre mère le permet. Et puis, vous avez vu, elle m'a reconnue. Oh, j'ai bon espoir.

Sally entra à cet instant dans la chambre d'Isabelle, plus fardée, plus mondaine que jamais. Elle salua poliment Jean et Mathilde et se dirigea vers le lit d'Isabelle, contempla un instant la jeune fille endormie.

Puis, interpellant monsieur et madame Marchand :

— Vous allez l'emmener en France, n'est-ce pas ? demanda-t-elle.

— Je ne sais pas encore.

Jean avait répondu. Il était intimidé par l'assurance de la jeune fille, par son élégance, sa beauté.

— Je crois que ça vaudrait mieux pour tout le monde, reprit Sally.

— Je ne comprends pas.

— Vous comprendrez plus tard.

Sally tourna les talons et s'en alla aussi rapidement qu'elle était venue, prenant à peine le soin d'incliner la tête pour les saluer.

Jean et Mathilde se regardèrent, perplexes. Qu'avait voulu dire cette étrangère ?

Il fallut encore deux jours pour qu'Isabelle reprenne conscience et puisse parler. Pendant deux jours, Mathilde ne la quitta pas ; sinon pendant la nuit. Elle dormait dans une chambre voisine.

Fergus n'avait plus osé venir le soir. Il était là tous les jours, certes, mais il ne s'était plus installé dans le fauteuil pour veiller.

Dès qu'Isabelle reprit connaissance, ce fut un tel va et vient autour d'elle que le médecin dut y mettre bon ordre. Sean Galway envoya de nouveau des quantités de fleurs et chacun s'efforça de faire oublier ce mauvais souvenir à la jeune fille. Jean et Mathilde se montraient très touchés des marques de gentillesse prodiguées à Isabelle. Mais Jean avait hâte de retourner à Bordeaux. Il n'avait plus guère de vacances à prendre et le fait de ne pas comprendre l'anglais le gênait plus qu'il ne voulait l'avouer.

Mais il avait une idée en tête. Il s'en ouvrit clairement à Isabelle. Elle venait de terminer son repas et se reposait. Le médecin lui avait annoncé qu'elle pourrait quitter l'hôpital le lendemain.

— Isabelle, Mathilde et moi voudrions que tu rentres avec nous à Bordeaux. Ta vie est là-bas ! Nous serions très heureux de te revoir à la maison. Tu nous manques. Nous vivons mal sans toi. Tu sais, Bernard Laville va rouvrir sa maison d'édition. Il a trouvé de nouveaux contrats. Il voudrait lui aussi que tu reviennes travailler avec lui.

Isabelle ne répondit pas. Jean parlait le langage de la sagesse. Mais Jean ne savait pas que Fergus était venu passer la nuit à son chevet ! Elle même finissait par ne plus en être formellement certaine, mais son cœur lui disait que c'était vrai ! Et de toute façon, il lui rendait fidèlement visite...

— Reviens, Isabelle, insistait Jean. Tu verras, nous te ferons une vie heureuse. Tu pourras avoir toute la liberté que tu voudras. Tu peux même habiter seule à Bordeaux si le cœur t'en dit. Et puis, ajouta-t-il après une courte hésitation, il y a Luc...

Isabelle sourit. L'image de son soupirant attitré se morfondant sur un quai de gare la fit rire. Elle n'aimait pas Luc. Elle ne l'aimerait jamais. Sa vie n'était pas avec lui. Mais où était sa vie ? Avec Fergus ? Il lui était interdit de le croire...

Comme s'il devinait ses pensées, Jean reprit :

— Qu'attends-tu ici ? Comptes-tu rester longtemps en compagnie de Mme Finnegan ? Elle est sympathique, c'est vrai ; mais ce n'est pas une situation. Tu ne vas pas vivre toute ta vie avec des chevaux. Il faut que tu te maries, que tu sois heureuse, que tu aies des enfants, enfin je ne sais pas, moi...

Un ouragan envahit soudain la chambre. Harry, Tom, David et Gregory venaient d'entrer. Ils avaient l'air joyeux et tenaient une bouteille de champagne à la main. Harry l'avait dénichée dans l'une des petites boutiques qui vendent des homards et du coca-cola aux touristes venus admirer la baie de Dingle.

— On vient fêter votre libération ! dit Tom.

Isabelle protesta en riant :

— Vous allez me faire chasser tout de suite, si vous faites autant de bruit.

— Ça ne fait rien, dit Tom, un peu plus tôt ou un peu plus tard.

Il se pencha sur elle et l'embrassa sur le front.

Comme par jeu, Harry et Gregory l'embrassèrent aussi. Mais quand vint le tour de David, il essaya de prendre ses lèvres. Isabelle détourna la tête le plus naturellement du monde. Personne n'avait rien vu.

Ils burent enfin le champagne.

— Il est l'heure d'aller déjeuner, dit Gregory. Venez, Jean. Mildred nous attend. Mathilde et vous aussi, naturellement, vous êtes chez vous à Kimberley.

Les quatre frères sortirent en se bousculant. Harry essaya d'embrasser l'une des infirmières dans le couloir ; mais elle menaça de lui donner une claque. Il s'enfuit en riant. Les Finnegan étaient de bonne humeur !

Avant de fermer la porte de la chambre et de les suivre, Jean se retourna vers sa nièce.

— Réfléchis encore, ma chérie. Mathilde et moi pensons qu'il est vraiment préférable que tu rentres avec nous. Donne-moi ta réponse tout à l'heure. Il faut que je reparte demain pour Bordeaux. Mathilde peut rester si elle veut, mais moi, il faut que je reprenne mon travail. Je reviendrai tout à l'heure.

Isabelle savait déjà qu'elle ne les suivrait pas. Quand les quatre Finnegan étaient entrés dans sa chambre, l'instant auparavant, elle s'était sentie émue aux larmes par leur gentillesse et leur entrain. Ils la considéraient comme des leurs. Elle était un peu leur sœur. David seul posait un problème. Mais Isabelle se faisait fort de s'en accommoder. Il faudrait bien qu'il comprenne un jour qu'il perdait son temps : elle ne serait jamais à lui !

Et puis il y avait Maureen. Les deux jeunes filles étaient devenues de véritables amies. Maureen sa confidente, qui la guidait et l'aimait. Maureen qui avait tout deviné.

Isabelle dut s'avouer que la principale raison s'appelait Fergus ! La seule évocation de la longue silhouette et du beau visage fin la fit soudain trembler. Ses mains étaient moites.

Sans doute Fergus affectait d'être dur avec elle, mais elle sentait que ce n'était qu'une apparence. Et puis, surtout, il y avait cet extraordinaire souvenir de Fergus dormant dans le fauteuil, la veillant.

Mais l'avait-elle vu vraiment ? Il fallait en avoir le cœur net. Isabelle sonna.

L'infirmière était une jeune femme au visage revêche, marquée par les soucis d'une vie difficile, mais dès qu'elle souriait, son visage s'illuminait.

— Kitty, je voudrais vous poser une question personnelle, dit Isabelle.

— Oui ?

— Pouvez-vous me dire si Fergus Finnegan est bien venu me voir le soir de mon accident ? Pouvez-vous me dire s'il a bien passé la nuit sur ce fauteuil ?

Kitty eut un sourire complice.

— C'est vraiment important ?

— Oui, s'il vous plaît.

— Je vais me renseigner. Je n'étais pas de service cette nuit-là. Je crois que c'était Mary-Ann. Je vais voir.

Isabelle fut soudain prise de panique. Et si elle s'était racontée des histoires ? Elle aurait pris ses désirs pour des réalités ? Si Fergus n'était pas venu ? Alors, oui, il valait mieux écouter Jean et retourner en France.

Kitty revint et annonça :

— Mary-Ann dit que l'un des Finnegan a passé la nuit dans le fauteuil. Mais elle ne sait plus lequel. Elle se souvient seulement qu'il était grand et brun.

Tous les Finnegan, à l'exception de David, étaient grands... mais plus ou moins brun, sauf Fergus. Le seul qui ait donc pu être là, c'était Fergus. Isabelle savait désormais que c'était lui ! Elle ne dissimula pas sa joie.

Kitty lui sourit, mais l'avertit :

— Prenez garde à Sally Mc Connell. C'est une vraie tigresse. Je vais vous dire une chose, petite Française : vous conviendriez beaucoup mieux à Fergus Finnegan que cette horrible pimbêche. Bonne chance. Soyez heureuse !

Alors Isabelle sut qu'elle ne partirait plus. Il fallait affronter Sally ? Soit ! Il faudrait faire la conquête de Fergus ? Soit ! « Tu es bel et bien amoureuse de Fergus », se répéta Isabelle.

Brusquement elle pensa à David.

Il ne fallait pas le négliger, il représentait un danger. David était brutal, impérieux. Il n'aimait pas qu'on lui résiste. Allait-il représenter un obstacle ? Eh bien, elle le renverserait.

La seule vraie question qu'Isabelle pouvait se poser était : Fergus était-il épris d'elle ou pas ? Il avait passé une nuit à son chevet. Mais c'était un homme de devoir. Il avait très bien pû s'endormir sur le fauteuil en la veillant parce qu'il se sentait responsable d'elle. C'était lui qui lui avait affecté Rajah ! Cela ne prouvait pas pour autant qu'il l'aimait.

Mathilde et Jean revinrent dans l'après-midi.

— Nous avons déjeuné à Kimberley. Tous les Finnegan ont été très gentils avec nous. Et ils sont tout prêts à te garder autant que tu voudras. Mildred nous l'a dit, ton amie Maureen aussi. Mais nous persistons à penser que tu ferais mieux de revenir à Bordeaux avec nous. Y as-tu pensé ? insista Jean.

Isabelle hésita encore. Elle fit appel à toute sa raison. Il était plus sage de revenir à Bordeaux, en effet. A Glengariff, elle courait au-devant de complications sans fin. Fergus était fiancé à Sally, elle l'oubliait trop facilement...

Elle pourrait toujours céder aux avances de Sean Galway. C'était un beau parti. Mais la jeune fille savait, aussi, que ce serait Fergus ou personne. Elle aimait beaucoup Sean. Et il la troublait plus qu'elle n'aurait voulu se l'avouer. Mais c'était une inclination. Rien de plus. Et Isabelle voulait davantage !

— Nous avons rencontré une jeune fille qui s'appelle Sally, dit Mathilde. J'ai cru apprendre qu'elle était fiancée à l'un des cinq garçons Finnegan. Elle nous a dit qu'il vaudrait mieux pour tout le monde que tu retournes en France. Je n'ai pas de sympathie pour cette personne. Mais qu'est-ce qu'elle voulait dire ?

Ainsi donc Sally s'en mêlait ! Elle était bien son ennemie. Elle affirmait ses droits sur Fergus. Pour elle, il était clair qu'Isabelle devait partir. Et elle avait raison. L'évidence s'imposa, brutale, douloureuse : elle n'avait pas le droit de briser l'union de Fergus et de Sally...

Mais une parole de Maureen lui revint en mémoire.

— « Nous autres les Finnegan, nous finissons toujours ce que nous avons commencé, quoi qu'il en coûte. Et la parole donnée passe avant toute chose ! »

La parole de Fergus à Sally. Maureen aussi avait raison. Il fallait qu'elle écoute son oncle et sa tante.

Elle eut un brusque vertige et son visage devint livide. Il n'était pas facile de renoncer à tout ce qu'elle avait cru découvrir à Kimberley.

Elle était allée trop loin. Elle ne pouvait plus rester chez les Finnegan comme avant. Son départ simplifierait décidément la vie de tout le monde. Elle était bel et bien l'étrangère, l'intruse. Celle par qui le scandale pouvait arriver d'un jour à l'autre !

— Comment va Luc ? demanda-t-elle brusquement. Elle voulait gagner du temps, rassurer Jean et Mathilde.

— Luc va bien. Il nous demande souvent de tes nouvelles. Il t'a écrit, paraît-il. Tu n'as pas reçu sa lettre ?

— Si, effectivement.

Isabelle se souvenait tout d'un coup ! Une lettre gentille, un peu ampoulée, dans laquelle il lui disait qu'il l'aimait, qu'il l'aimerait toujours, qu'il l'attendait, qu'il rêvait d'elle. Elle avait haussé les épaules.

— Vous avez envie que j'épouse Luc ?

Mathilde regarda son mari, qui se détourna. Alors elle se décida, toute seule.

— Oui nous aimerions que tu épouses Luc ! C'est un homme que nous estimons, ton oncle et moi. Et nous pensons qu'il te rendrait heureuse. Mais tu sais, Isabelle, il ne faut pas épouser Luc si tu ne l'aimes pas. On ne se marie pas pour faire plaisir aux autres. On se marie parce qu'on aime un homme ou une femme.

Elle hésita une seconde avant de poursuivre. C'était davantage un monologue intérieur qu'elle prolongeait, plutôt qu'un discours à l'intention de sa nièce.

— Tu n'aimes pas Luc. Tu ne l'aimes pas comme il faut qu'une femme aime un homme.

Tu ne l'aimes pas comme j'ai aimé Jean et comme je l'aime encore, après vingt et un ans de mariage.

Mathilde prit la main de son mari et la serra fort dans les siennes. Il la regardait, ému tout à coup. Et dans son regard il y avait tout ce que Mathilde voulait dire.

— N'épouse pas Luc, Isabelle. Même pour nous faire plaisir. Ne t'occupe pas de ce que nous pensons. Ce n'est pas important. Ecoute ton cœur et lui seul. Attends l'homme que tu aimeras. Et que Dieu te bénisse.

Ils se levèrent et l'embrassèrent tous les deux. Il était temps pour eux de repartir. Isabelle était seule. Ils ne pouvaient rien pour elle. C'était à elle d'assumer son destin de femme.

Dans l'escalier, ils croisèrent Tom et Maureen qui venaient voir Isabelle. Tom les regarda avec inquiétude. Ils savaient quelle démarche l'oncle et la tante d'Isabelle avaient entreprise auprès de leur nièce.

Jean sourit.

— Nous vous la laissons. Prenez en soin. Nous l'aimons plus que tout au monde.

Maureen prit spontanément Mathilde dans ses bras et l'embrassa sur les deux joues.

— Soyez sans inquiétude. Et pour commencer, nous allons l'emmener la semaine prochaine à Glengariff. Il y a une grande fête. Isabelle nous accompagnera comme si elle était notre sœur. Et nous la défendrons contre tous ceux qui voudraient lui faire du mal ! Ne vous en faites pas. Tout le monde l'aime beaucoup.

Les jeunes gens entrèrent dans la chambre de la malade.

— Isabelle, je viens vous sortir de là ! Le médecin chef a dit que vous pouviez sortir...

Maureen avait apporté des vêtements.

Isabelle s'habilla lentement. Elle était encore faible.

— Il faudra que vous repreniez des forces, plaisanta Maureen. C'est le bal de Glengariff la semaine prochaine. Il faudra que vous soyez en forme.

— Oh, rassurez-vous, je le serai !

A part elle, Isabelle se promit d'être, aussi, la plus belle ! Elle avait une conquête à faire !

CHAPITRE XI

Les Finnegan avaient, d'abord, décidé d'aller danser au bal public de Glengariff. Un bal en Irlande, c'est l'affaire de tous, et chacun s'y préparait longtemps à l'avance. Mais Sean Galway avait appelé Mildred et demandé :

— Venez tous chez moi. Vous aussi, Mildred, je vous en prie ! J'invite les Mac Donell et les...

Suivait une longue liste de noms. Mildred avait accepté, sachant d'avance que ses enfants sauf peut-être Mary, seraient d'accord.

La demeure des Galway était sans doute la plus belle de Glengariff. On y arrivait après avoir parcouru une longue allée bordée de chênes tricentenaires. Les phares des voitures révélaient brusquement des chevaux affolés, peu habitués à ce que tant de voitures viennent troubler leur existence.

La grande salle brillait de mille feux, des lustres somptueux déversaient leur éclat sur les invités en tenue de soirée qui se succédaient en un flot ininterrompu. Du village tout proche provenaient les premiers flonflons du bal. Isabelle éprouva un regret passager. Elle eût préféré aller danser là-bas.

Elle était éblouissante dans une longue robe blanche que lui avait prêtée Maureen et qu'elle avait mise à ses mesures en quelques coups d'aiguilles. Les deux jeunes filles avaient à peu près la même taille. La robe d'Isabelle mettait ses seins hauts et fermes en valeur, affinaient encore la minceur de sa taille et laissaient seulement deviner des chevilles minces et nerveuses. Ses cheveux blonds étaient noués en un lourd chignon et, exceptionnellement, elle avait pris grand soin de son maquillage.

— Vous êtes splendide, dit Sean Galway en l'accueillant en même temps que les Finnegan.

Maureen aussi était superbe. Et Sally bien entendu, resplendissante dans une robe de voile rose aux manches bouffantes. Elle portait un grand collier ancien qui étincelait sur un profond décolleté. Les deux jeunes filles se saluèrent cordialement comme des duellistes avant le combat !

Isabelle roula le fauteuil de Mildred à une extrémité de la salle de bal où se trouvaient déjà les parents de Sean et quelques-unes de leurs amis. Ils entamèrent une conversation animée sur l'éternel sujet : les chevaux.

Aux premières mesures de musique Sean s'inclina devant Isabelle :

— Je voudrais danser avec la plus jolie femme de la soirée.

— Amusez-vous bien mes enfants, dit Mildred. Et vous Sean, menaça-t-elle en riant, tachez de vous tenir convenablement avec cette jeune fille, s'il vous plaît.

Sean promit. Il enlaça Isabelle et l'entraîna

dans une valse viennoise. Il n'y avait pas d'orchestre, mais une discothèque bien fournie.

— Isabelle, dit Sean, je ne mentais pas en disant que vous êtes la plus jolie femme de cette soirée. Et je vais vous faire une confidence : ce bal vous est dédié ! Je l'ai organisé pour vous. Je n'ose pas dire pour vous seule car vous ne me croiriez pas. Pourtant, c'est vrai.

— Sean Galway, je ne croirai jamais un mot de ce que vous me direz...

Mais comme pour démentir la dureté de ses paroles, Isabelle posa une seconde sa joie sur l'épaule de Sean. Il resserra son étreinte autour de sa taille, elle se rejeta légèrement en arrière.

— Je vous remercie pour les fleurs à l'hôpital.

— Elles vous ont fait plaisir ?

— Bien sûr.

— Je voudrais vous en envoyer toute ma vie, chaque jour, un énorme bouquet.

— Ne dites pas trop de bêtises, Sean. Vous vous lasseriez vite. Et je suppose que vous dites ça à toutes les jeunes filles de Glengariff et d'ailleurs ?

Sean éclata de rire, puis son visage redevint grave.

— Je vous ai confessé que je n'étais pas un homme sérieux. Faites-moi l'amitié de croire que je peux l'être quand même parfois. Je ne vous ai pas encore dit un mot que je ne pensais pas ! J'ai toujours été avec vous totalement sincère. Isabelle, je vous en prie, n'en doutez pas.

— Eh bien, soit !

La valse s'achevait à peine qu'une autre danse

commença. Un grand jeune homme mince qu'Isabelle ne connaissait pas s'inclina devant elle et l'arracha littéralement à Sean.

— Je m'appelle Timothy O'Connors. Je suis un ami de Sean.

Isabelle lui sourit. Il était sympathique. Mais il ne l'intéressait pas. Son regard cherchait Fergus dans la salle. Elle ne le vit pas tout de suite, le repéra enfin. Il se tenait près de Sally et conversait avec un groupe d'invités. Leurs regards se croisèrent, mais Fergus détourna le sien. Comme s'il ne l'avait jamais vue !

Isabelle répondit machinalement aux questions que lui posait Tim O'Connors. Mais elle le regarda soudain dans les yeux avec étonnement

— J'ai dit que les Irlandais étaient des imbéciles ? Moi ? Qu'est-ce que vous me racontez-là ? Qui vous a dit ça ?

Le grand garçon eut l'air gêné.

— Excusez-moi. C'était juste un bruit comme ça, qui court dans le pays.

— Un bruit comme ça ? Mais Tim, c'est encore pire. Je vous en prie, Tim, qui a dit ça ? Il faut que je sache. Je vous en prie.

— C'est une rumeur. Il paraît que la jeune Française qui est chez les Finnegan n'aime pas les Irlandais et qu'elle les a traités de bandes d'ivrognes et de bons à rien tout juste capables de perdre leurs matches de rugby contre les Français.

Isabelle comprit soudain. Cela ne pouvait venir que de Sally !

— Tim, je vous en prie, ne croyez surtout pas ces ragots. Ce ne sont que des médisances honteuses, je vous le jure. Il est impossible que j'aie jamais dit cela. Je vous aime tous, beaucoup.

— Ce sont des ragots de femme jalouse, alors ?

Sean venait se mêler à la conversation. Il ne voulait pas quitter Isabelle d'une semelle et dansait tout près d'elle. Il avait tout entendu. La danse s'achevait. Tim abandonna Isabelle. Sean reprit son bras.

— Voulez-vous que nous en ayons le cœur net, tout de suite ?

— Non je vous en prie, Sean. Pas ce soir. Ni jamais. Mais je ne pensais pas que la bassesse puisse atteindre pareil niveau.

Il entraîna la jeune fille dans un slow. Isabelle s'abandonna un peu. Elle était bien. Sean dansait merveilleusement. Mais son regard tomba soudain sur Sally.

L'Irlandaise dansait avec Fergus. Celui-ci était impressionnant de force tranquille et de beauté virile dans son costume sombre bien coupé qui mettait en valeur ses larges épaules et la minceur de ses hanches de cavalier. Sally le tenait de ses deux bras passés autour du cou et elle s'accrochait langoureusement à lui, l'air triomphant. Elle était Sally McDonnell dansant avec son fiancé, et celui-ci était le plus bel homme de l'assemblée ! Entre ses yeux mi-clos, elle s'assurait de son succès, marquait son emprise et tenait à ce que nul n'en ignore.

Pour Isabelle, ce fut comme un coup de poignard. Elle aurait dû suivre Jean et Mathilde. Elle n'avait rien à faire ici. L'homme qu'elle aimait était promis à une autre. Et cette promesse était intangible. Les Finnegan ne reviendraient jamais dessus. Elle était folle...

Comme pour souligner ses liens avec Fergus, Sally se haussa sur la pointe des pieds et l'embrassa légèrement sur les lèvres. Mais Fergus la rejeta en arrière et la regarda, l'air furieux.

Profitant de la fin du disque, Fergus partit à la recherche de Maureen. Il passa tout près d'Isabelle, à la toucher. Ses magnifiques yeux exprimaient une détresse sans bornes. Le cœur d'Isabelle se mit à battre plus vite. Elle le vit prendre sa sœur à part, lui parler. Mais elle ne pouvait entendre leur dialogue.

— Aide-moi, Maureen. Tu sais très bien ce que je veux dire. Je n'en peux plus. Il faut que tu dises à Isabelle que...

— Il vaudrait mieux que tu le lui dises toi-même, Fergus. Mais comment vas-tu faire avec Sally ! Vous êtes toujours officiellement fiancés, que je sache. Et tu n'ignores pas que ce n'est pas une affaire qu'on peut traiter à la légère. Ni les Mac Donnell en général ni Sally en particulier ne sont des gens à humilier.

— Maureen, tu sais que je ne l'aime pas. Tu le sais, toi, n'est-ce pas, tu le sais, dis ?

— Il n'y a pas que moi qui le sache. Tout le monde est au courant. Crois-tu que Sally t'aime ?

— Non.

— Tu ferais bien de commencer à régler tes affaires avec Isabelle. Et cesser de te conduire comme un imbécile avec elle.

— Je ne sais pas comment faire. Elle me trouble, Maureen, elle me désespère.

— Voyez-moi le grand Fergus Finnegan se conduire comme le premier imbécile venu. Elle te trouble ? C'est bon signe. Mais à ta place, j'irais voir comment je peux la troubler à mon tour.

Fergus embrassa sa sœur sur les deux joues.

— Qu'est-ce que je ferais sans toi ?

Maureen lui sourit tendrement. Au moment où il allait lui tourner le dos, elle le retint par le bras.

— Si Sally te fais une scène trop forte, parle lui donc du coup de cravache dans le chemin creux.

— Le coup de cravache ?

— Ne perds pas ton temps. Et garde cela sous le coude. Je t'expliquerai. C'est du chantage. Mais ça peut être utile.

Fergus haussa les épaules. Il ne comprenait pas. Et le cynisme de sa sœur le choquait. Mais Maureen avait raison.

Il partit à la recherche d'Isabelle. Elle dansait encore avec Sean. La tête rejetée en arrière, elle tournait lentement dans ses bras, les yeux mi-clos, comme s'abandonnant. Elle ne vit pas Fergus arriver.

Il l'écarta des bras de Sean avec un « Pardon Sean, c'est à moi maintenant ! » qui laissa le cavalier d'Isabelle pantois, puis l'entraîna sur la piste.

Elle affecta de rire et le suivit, mais elle mourait de peur. Cette brusquerie ne lui disait rien de bon. Elle s'attendait à tout de la part de Fergus.

— Pourquoi diable flirtez-vous toujours avec ce fou de Sean Galway ? lui demanda-t-il âprement.

— Je ne flirtais pas.

— Si, vous flirtiez !

— Cela ne vous regarde, de toute façon, pas du tout.

— Qu'en savez-vous ?

— Rien. Mais vous n'êtes pas là pour me faire la leçon. Je croyais que nous nous étions déjà expliqués là-dessus. Je n'ai pas de comptes à vous rendre.

— C'est vrai que vous avez dit du mal des Irlandais ?

— Vous aussi ?

— Comment moi aussi ?

— Tim O'Connors m'a déjà rapporté ce bruit idiot. Qui a fait croire que je prenais les Irlandais pour des imbéciles ? En avez-vous la moindre idée, mon cher Fergus ?

— Ce n'est donc pas vrai ?

— Vous l'avez vraiment cru ?

— Non ! Mais la personne qui me l'a dit est digne de foi.

— Je sais très bien qui vous l'a dit.

Isabelle regarda Fergus dans les yeux, sans cesser de danser, avant d'ajouter :

— Elle a menti, cette personne.

Fergus baissa les yeux. Il avait perdu la première manche. Il savait qu'Isabelle avait raison et que Sally était tout à fait capable de telle médisance. Sally était capable de tout. Il connaissait sa jalousie et son orgueil.

— Laissez cette personne tranquille, dit-il enfin, comme à regret. Je vous crois. Mais laissez-là en paix.

Isabelle resta un moment songeuse. Et puis elle se décida.

— Il y a longtemps que vous êtes fiancés ?

— Qu'est-ce que ça peut vous faire ?

— Répondez-moi.

— Deux ans.

— Je voudrais vous poser encore une question personnelle, si vous le permettez. Et même si vous ne le permettez pas, je vous la poserai.

La musique s'était arrêtée. Il entraîna Isabelle vers l'embrasure d'une fenêtre. Ils étaient seuls. Personne ne pouvait les voir. Fergus se tint droit en face d'Isabelle.

— Allez-y.

— Pourquoi avez-vous dormi sur un fauteuil dans ma chambre quand j'ai eu cet accident. Pourquoi vous êtes-vous donné tant de mal pour me sauver ?

Fergus eut l'air surpris et irrité.

— Je ne me suis pas tellement donné de mal pour vous sauver. J'ai fait ce que n'importe qui aurait fait à ma place. Et vous avez vu que j'ai échoué, puisque cet imbécile de cheval a quand même failli vous tuer. Quant à votre première question (il s'interrompit et rougit soudain) eh bien, vous vous trompez. Je n'ai jamais dormi dans votre chambre quand vous étiez dans le coma...

— Vous mentez, n'est-ce pas ?

Isabelle avait posé sa question d'un ton soigneusement contrôlé. Si Fergus disait la vérité, cela signifiait qu'elle s'était trompée. Il n'était pas venu dans sa chambre, il ne l'avait pas veillée, il ne tenait pas à elle ! Mais elle était certaine d'avoir ouvert les yeux et de l'avoir vu.

— Pourquoi aurais-je dû dormir dans votre chambre ? reprit Fergus.

Il se souvint des conseils de Maureen et se dit qu'il était en train de se conduire comme un imbécile. Mais, à sa propre stupéfaction, il enchaîna :

— Vous croyez que je passe mon temps à hanter les chambres de toutes les jeunes filles qui tombent de cheval ? Avec le nombre de manèges qu'il y a maintenant en Irlande, je ne dormirais pas souvent à Kimberley.

Il se rendit compte qu'Isabelle était bouleversée. Sa voix s'adoucit :

— Venez donc danser.

Il la prit par la main, en un geste tendre et ferme. Ce n'était pas une attitude méchante ; elle y vit une tendresse inconnue. Comme si Fergus voulait s'excuser.

Ils firent quelques pas sur la piste. Ils heurtèrent Maureen aux bras de Sean Galway. Sally dansait avec un jeune homme blond et fade qui lui parlait d'Oxford. Quand Fergus passa près d'elle, elle lui lança un regard qui aurait dû le tuer. Mais il ne la vit même pas.

Isabelle et lui dansèrent sans mot dire. Ils n'avaient rien à se dire. Ou tout à se dire. Elle crut que c'était rien. Il fallait fuir cette comédie. Y mettre un terme. C'était insupportable. Il fallait que cette danse s'arrête. Rendre son fiancé à Sally. Elle n'avait aucun droit sur rien ni sur personne !

Leur danse s'acheva devant la même fenêtre qu'ils avaient quittée quelques minutes plus tôt. Isabelle se dégagea de son étreinte. C'était la première fois qu'il la prenait dans ses bras... Ce serait aussi la dernière !

Mais au moment où elle partait, il l'arrêta. Il la tint un long moment par les épaules et la regarda droit dans les yeux. Isabelle se troubla et des larmes perlèrent à ses yeux. Elle voulait en finir. Ne pas traîner. Ne pas s'attendrir. Qu'il reparte vite avec Sally !

Fergus la prit soudain contre lui. Elle ne réagit pas. Elle était bouleversée. Il attira alors son visage vers lui et se pencha sur sa bouche. Il l'embrassa durement, presque sauvagement. Ses lèvres étaient brûlantes, exigeantes. Isabelle se sentit défaillir.

Mais il la repoussa brusquement et la regarda droit dans les yeux, d'un air sarcastique, insultant.

— Ne vous y trompez pas, c'est comme ça que j'embrasse toutes les femmes !

Puis il pivota sur lui-même, la laissant, stupéfaite, abasourdie par ce qui venait de se passer. Elle ne comprenait pas. Elle s'appuya à la fenêtre et tenta de reprendre ses esprits. Elle se mordit les lèvres pour ne pas hurler.

CHAPITRE XII

La musique continuait. Aux valses du début avaient succédé des jerks et même un reggae, puis des « square dances », ces pas traditionnels compliqués que les westerns ont popularisés... Les Irlandais les dansent toujours...

Isabelle contemplait la salle d'un air absent. Elle était incapable de faire attention à ce qu'elle voyait, aux couples qui passaient devant elle et l'apercevaient.

Immobile contre la fenêtre ouverte sur le parc, elle contemplait les étoiles et se demandait ce que Fergus avait voulu dire : « C'est comme ça que j'embrasse toutes les femmes ! » Pourquoi cette inutile muflerie ?

Elle sortit de son sac un petit miroir et entreprit de corriger son maquillage. Elle vit, dans la glace David s'approcher. Il se dirigeait droit sur elle.

Il l'interpella joyeusement :

— Mais oui vous êtes belle... Vous êtes même la plus belle ce soir. Mais pourquoi restez-vous seule comme ça ? Vous êtes en train de décevoir tous vos admirateurs et surtout le plus fidèle d'entre eux : moi, naturellement !

Prenant Isabelle par la main il tenta de la ramener vers le grand salon. Mais elle résista. Sans lâcher sa main, il se rapprocha alors d'elle et fit alors mine de la prendre dans ses bras. Isabelle se dégagea, mais sans se fâcher. Elle ne voulait pas l'affronter. Elle avait assez à faire avec Fergus !

— A qui pensez-vous donc pour être aussi hostile, Isabelle ? A Sean Galway, cet imbécile prétentieux ? Il vous a éblouie avec son bal, n'est-ce pas ? Mais ce n'est rien, Sean Galway. C'est une outre de vanité. Vous n'allez pas me dire que c'est lui qui occupe vos pensées, n'est-ce pas ?

— Je ne vais pas vous le dire, en effet.

— Alors qui ?

— Cela ne vous regarde pas.

— Fergus, n'est-ce pas ? Vous êtes amoureuse de Fergus, Isabelle, ne me racontez pas d'histoires. Je le sais maintenant !

— Cela ne vous regarde toujours pas, David.

— Tout ce qui arrive à un Finnegan regarde tous les Finnegan. C'est comme ça dans la famille depuis toujours, ma belle enfant.

Il se tut un long instant. Il avait abandonné la main de la jeune fille et s'était accoudé à côté d'elle. La nuit était superbe, lumineuse. Des éclats de musique provenaient du village tout proche. Deux chevaux passèrent nonchalamment sous la fenêtre, indifférents aux manèges des hommes. C'étaient presque encore des poulains, gracieux, libres, fiers. Isabelle les envia.

Elle sentit David se rapprocher à nouveau

d'elle. Elle ne pouvait guère l'éviter sans le heurter.

Mais elle savait ce qui allait se passer.

— Faites-moi danser, David, s'il vous plaît.

C'était un prétexte pour rejoindre les autres. Mildred avait peut-être besoin d'elle. Et elle voulait voir Maureen.

Mais au lieu de l'emmener vers le salon, David la prit dans ses bras. Il était d'une force peu commune et elle ne put lui résister. Comme l'avait fait Fergus quelques instants auparavant, il tenta de lever le visage de la jeune fille vers le sien. Elle commença à se débattre. Ils luttèrent un court moment. David énervé, la tint encore plus serrée contre lui.

— Embrassez-moi, Isabelle. Vous me rendez fou. Je vous désire depuis le premier jour.

Elle secoua la tête. Mais il ne fallait pas le prendre de front. Elle était en position de faiblesse. Elle l'embrassa sur la joue.

— Vous m'avez déjà embrassé comme ça à Dunmanway, gronda-t-il. Ce n'est pas ce que je vous demande aujourd'hui ! Je veux que vous m'embrassiez, Isabelle. Je vous veux. A quoi bon résister ? Tôt ou tard vous m'appartiendrez. Ce soir, maintenant, tout de suite. Isabelle, je vous en prie. Isabelle je vous aime...

Elle fut sensible, quoiqu'elle en eût, ces accents passionnés. David était sincère. Mais que lui dire ?

— C'est à Fergus que vous pensez ?

Elle ne répondit pas. Il insista.

— Vous perdez votre temps ! Il ne vous aime pas. Il n'aime personne ! Ni vous, ni Sally, ni qui que ce soit. Il n'aime qu'Indian Girl et les autres chevaux. Il se moque des femmes, de toutes les femmes. Vous comprise, Isabelle...

Elle fut troublée. Fergus ne lui avait-il pas dit : « C'est comme ça que j'embrasse toutes les femmes » ?

Mais David ne la laissait pas partir.

— Isabelle, moi je suis là. Je ne me moque pas de vous. Vous le savez, n'est-ce pas ?

— Oui, David. Mais je regrette...

Il devint brusquement furieux, rejeta la jeune fille contre la fenêtre et la tint à bout de bras. Elle eut peur de ce qu'elle vit dans ses yeux, faillit crier, appeler Fergus à l'aide...

David, sans souci du lieu où ils se trouvaient ni des danseurs qui tournoyaient à quelques pas de leur couple, essayait maintenant de dénuder l'épaule d'Isabelle et se penchait pour l'embrasser. Elle se débattait en silence. Faire cesser cette folie ! Mais n'alerter personne. Ne pas faire de scandale. Surtout pas de scandale. Pas ici.

Elle le repoussa de toutes ses forces. Mais elle ne pouvait pas grand-chose contre David. Il ne se dominait plus, l'accablait de protestations passionnées. Il parvint enfin à lui baiser l'épaule. Elle lui donna un coup de talon sur le pied. Il ne fit qu'en sourire d'un air mauvais et raffermit sa prise. Isabelle, atterrée, comprit qu'il était capable de la forcer. Sa peur redoubla. Elle luttait toujours silencieusement, de toutes ses forces. Les mains brûlantes du jeune homme tentaient de s'emparer d'elle, la caressant, mais prêtes à la brutaliser. Elle ne pourrait plus résister longtemps...

Elle sentit soudain qu'il lâchait prise et elle tituba. David était par terre ; il se tenait le menton d'une main. Au-dessus de lui, le contemplant de toute sa hauteur, Fergus, le visage blême. Il venait de frapper son frère de toutes ses forces. Celui-ci se releva, ivre de rage et de frustration. Il marcha lentement sur son aîné.

— Tu n'aurais pas dû faire ça Fergus ; tu n'aurais pas dû !

— Arrête David ! Toi non plus tu n'aurais pas dû faire ça. Isabelle est notre hôte. Tu n'as pas à te conduire comme un sauvage avec elle.

— C'est une affaire entre elle et moi. Ça ne te regarde pas. Fous le camp, Fergus ! Fous le camp, sinon je te démolis, aussi vrai que je suis ton frère. Ne te mets pas en travers de mon chemin.

Les deux frères se défièrent un long instant du regard. Les mâchoires serrées, les poings crispés, ils se tenaient face à face, tout proches l'un de l'autre.

Isabelle se précipita entre eux.

— Je vous en prie. C'est stupide. Personne ne vaut qu'on se batte ici et surtout pas moi. Je vous en supplie, tous les deux, arrêtez. Pour l'amour du ciel, arrêtez !

Elle regardait l'un et l'autre des Finnegan alternativement et mettait toute sa force dans ses paroles et dans son regard. Elle avait honte.

Elle entendait la respiration sifflante de David et sentait son regard lourd de menaces peser sur elle et sur Fergus. Mais elle sentait aussi la dureté de celui-ci. David avait peut-être raison ?

Il n'aimait aucune femme, et surtout pas, elle, Isabelle. Il ne la regardait pas en ce moment, mais son frère, et lui seul. C'était comme si elle n'existait pas ! Il y avait entre l'aîné et le cadet de lourdes rancœurs qui venaient d'exploser.

— Je vous en supplie, reprit-elle, je vous en supplie...

Ils en étaient là tous les trois quand plusieurs voix joyeuses vinrent rompre la tension. Maureen, Sean et d'autres débusquèrent les deux Finnegan et Isabelle. Ils s'arrêtèrent, interloqués. Il y eut un court instant de silence.

Les deux frères demeuraient face à face, muets et farouches. Ni l'un ni l'autre ne voulait céder le premier. Maureen prit Fergus par le bras.

— Fais-moi danser, demanda-t-elle.

Il résistait. Elle insista à voix basse.

— Je t'en prie. Toute la salle est en train de nous regarder. Il est trop tard pour se cacher. Dans quelques instants, toute l'Irlande saura que les deux frères Finnegan de Glengariff se battent pour Isabelle. Je t'en prie !

Fergus céda de mauvaise grâce. Il prit Maureen dans ses bras et l'entraîna dans le grand salon. Sean s'empara d'Isabelle. Il la sentit tremblante et affolée. Il ne posa pas de question, se contentant de la tenir doucement contre lui, comme pour la rassurer.

Il avait compris qu'Isabelle venait de vivre un moment grave et que, dans cet instant, elle avait plus besoin d'un ami véritable que d'un soupirant enflammé. Elle lui sut gré de sa discrétion.

— Sean, vous êtes formidable. Merci de tout mon cœur.

Il rougit sous le compliment. Il venait également de comprendre ce que cela signifiait pour lui. Isabelle ne voulait pas de lui. Il pouvait être l'ami fidèle et apprécié. Il ne serait jamais rien d'autre. Il prit le parti d'en rire.

— Ça va, j'ai compris. Je serai donc l'ami au grand cœur. Et je serai formidable, Isabelle. Je vous promets que je ne vous ferai plus de déclaration enflammée.

Elle posa un instant sa tête contre la poitrine de Sean, se laissa aller. Troublé par la confiance que lui faisait la jeune fille il s'installa dans son nouveau rôle, lui caressa les cheveux d'un geste fraternel.

— Ne vous en faites pas. Tout ira bien, Isabelle.

Elle en eut les larmes aux yeux. La prévenance de Sean après l'extrême violence qu'elle venait d'affronter la touchait profondément. Le disque s'achevait. Sean ramena Isabelle jusqu'à un grand canapé et l'installa.

— Attendez-moi. Je vais nous chercher un verre. Et ne vous faites pas enlever par tout le monde. C'est un ami qui vous le demande.

Elle lui sourit. Elle était lasse et elle aurait voulu rentrer à Kimberley, oublier cette soirée, réfléchir. Qui donc était Fergus ? Et l'affrontement avec son frère la concernait-elle, ou n'avait-elle été qu'un prétexte pour que les deux Finnegan liquident une ancienne querelle ?

Elle sentit une présence contre elle, leva la tête. Fergus, sévère, la contemplait.

— Vous mettez décidément la pagaille partout où vous passez, jeune fille !

Elle le regarda sans comprendre.

— Pourquoi avoir tenté David ? Vous n'avez pas pû vous empêcher de jouer avec lui, n'est-ce pas ? Il fallait que vous le séduisiez lui aussi, comme ce bon à rien de Sean Galway ? Il vous les faut tous !

— Laissez-moi, Fergus, je vous en prie. Laissez-moi. Je vous remercie de m'avoir tiré des mains de votre frère tout à l'heure, mais si vous continuez, vous allez me faire croire que vous êtes aussi brutal que lui.

Elle avait failli dire : aussi méchant et aussi dur que lui, mais elle s'était arrêtée à temps.

— Il n'y a pas de quoi ! J'aurais tiré n'importe qui de ce mauvais pas. Rien que pour le plaisir, bien entendu. Nous autres Finnegan, nous ne sommes qu'un ramassis de bagarreurs bons à rien, c'est connu. C'est ce que vous pensez, bien entendu ?

Elle lui sourit. L'âpreté de la voix de Fergus dissimulait mal son inquiétude. Il était venu lui demander quelque chose de précis. Mais quoi ? A elle de bien comprendre. Un calme étrange l'envahit. Elle avoua :

— Je pense, Fergus, très sincèrement que les Finnegan ne sont pas ce que vous dites. Mais des hommes merveilleux. Je pense qu'il faut les prendre comme ils sont. Je pense aussi qu'ils sont parfois maladroits. Mais je suis convaincue qu'il n'est jamais facile d'être adroit dans la vie. Je suis moi-même très maladroite pour dire en ce moment, ce que je souhaite. Et je sais aussi qu'il est difficile de savoir ce que l'on veut...

Sean vint les interrompre. Il eut l'air contrarié en voyant Fergus. Mais le grand Irlandais se leva et sourit à Isabelle. Elle fut éblouie par ce sourire. Il y avait mis une douceur et une gentillesse qu'elle ne lui avait encore jamais vues. Dans les yeux bleus de Fergus avait scintillé une étincelle de vie, de joie et même de bonheur dont elle le croyait incapable.

Il s'en alla à la recherche de sa sœur. Mildred était rentrée depuis longtemps avec Mary qui s'ennuyait un peu. Son flirt n'était pas invité chez les Galway et la jeune fille n'avait aucune envie de danser avec d'autres garçons. Elle s'était donc empressée d'offrir ses services à sa mère.

Fergus trouva Maureen discutant ferme dans un groupe qui refaisait philosophiquement le monde. Sally était là aussi. Elle jeta à Fergus un regard furieux.

— Darling, où diable étiez-vous passé ? Encore en train de faire la cour à la nurse française, je suppose ?

Elle avait essayé de mettre de l'humour dans ses paroles ; mais le grincement de sa voix ne trompa personne. Sally était folle de rage. Fergus n'en eut cure.

— Je ne faisais la cour à personne, darling.

Il appuya lourdement sur le « darling », prit ensuite la main de Sally et la porta à ses lèvres. Elle le regarda avec surprise, prête à tout pardonner d'un coup. Mais il reposa sa main avec une telle désinvolture qu'elle se sentit comme congédiée par l'ironie glacée de son fiancé.

Elle faillit s'étrangler de fureur. Mais il lui fallait faire contre mauvaise fortune bon cœur. Elle sourit donc.

— Amusez-vous bien, mon cher. Je serai peut-être partie quand vous reviendrez. Mais ne vous en faites pas pour moi. Tim O'Connors me raccompagnera.

Tim rougit et baissa la tête. Il y avait des mois qu'il attendait un mot comme celui-ci.

— Mais, Sally, je suis certain que Fergus tiendra à vous raccompagner, dit-il. S'il ne le peut pas, je m'en ferai naturellement une vraie joie.

— Eh bien préparez-vous à une grande joie, lui dit Fergus. J'ai l'intention de rester encore un peu, précisa-t-il à l'intention de Sally. Mais je suis heureux de voir que tu n'auras pas de difficultés pour rentrer.

Il tourna le dos au groupe en entraînant sa sœur. Elle le suivit en soupirant. Il n'y avait plus sur la piste du grand salon que deux couples qui flirtaient gentiment sur un air de reggae, incongru dans ce décor.

Fergus s'assit avec sa sœur sur une bergère double capitonnée de chintz, attaqua tout de suite :

— Qu'est-ce que tu voulais dire tout à l'heure avec l'histoire du coup de cravache dans le chemin creux ? Qu'est-ce que c'est que ce coup de cravache ? Qui l'a donné à qui ? Raconte ! Et dis-moi pourquoi, selon tes propres termes, c'est du chantage ?

Alors Maureen raconta ce que lui avait rapporté Tom. Elle le fit aussi fidèlement qu'elle le put. Elle sentait que Fergus était profondément troublé. Il avait de la peine à la croire, bien qu'il eût en sa sœur une confiance aveugle.

— Attends-moi une seconde.

Elle se leva vivement et partit à la recherche de Tom. Elle l'arracha à une jeune personne brune au visage maigre qui affectait de l'écouter avec passion. S'excusant, elle entraîna son jeune frère auprès de leur aîné.

— Raconte-lui, toi.

— Raconter quoi ?

Tom avait tout de suite compris ce que Maureen attendait de lui. Mais il craignait, lui aussi, d'affronter Fergus sur un terrain délicat ! Certes Tom savait que son frère n'aimait plus Sally, et comment leurs fiançailles avaient été conclues, mais il n'osait pas raconter la vérité à Fergus. Chez les Finnegan, l'aîné avait de temps immémorial, un prestige que personne n'aurait pensé à contester.

Pourtant, soudain, il se décida. Très vite, il raconta, comment Rajah avait dépassé le cheval de Sally. Et comment celle-ci avait alors levé sa cravache et violemment frappé Rajah. Puis il dit le bond formidable qu'avait fait le cheval, et qu'Isabelle avait failli tomber...

— Et si elle était tombé à cet endroit-là, Fergus, elle aurait eu peu de chances de s'en tirer. A la vitesse où nous allions tous, il est certain que les autres chevaux l'auraient piétinée et massacrée. Cela aurait d'ailleurs pû être grave pour tout le monde.

— Comment Isabelle a-t-elle fait pour ne pas tomber ?

— Elle s'est accrochée à la crinière et s'est rejetée ensuite en arrière. Elle sait monter à cheval, va ! Sinon elle y serait allée tout droit. Et l'accident sur la plage, ensuite, je suis convaincu que n'importe lequel d'entre nous aurait pû en être victime aussi.

— Tu as sans doute raison, Tom. Oui, elle monte bien à cheval.

Fergus avait l'air pensif. Ce que venait de lui dire Tom et Maureen le consternait visiblement. Sans doute n'avait-il jamais pensé que Sally serait capable d'un tel geste ? D'autant qu'une cavalière aussi éprouvée qu'elle n'aurait jamais pris le risque de cravacher Rajah dans des conditions normales, Sally, même furieuse, savait ce qu'elle faisait ! Elle avait voulu faire tomber Isabelle... Elle n'avait sans doute pas désiré la tuer, mais la faire tomber, lui faire mal.

Fergus se leva sans rien dire, d'abord, embrassa Maureen et posa une main sur l'épaule de Tom.

— Je vous remercie tous les deux. Personne ne saura jamais rien de cette conversation. Mais il fallait que je sache !

Il se dirigea ensuite vers Isabelle qui bavardait avec Sean Galway. La jeune fille avait les traits tirés, mais paraissait maintenant plus calme.

— Isabelle, si Sean le permet, je vous propose de vous ramener à Kimberley.

— Volontiers.

— Je vais chercher la voiture et je reviens. Bonsoir, Sean. Merci pour tout.

Isabelle tendit la main à leur hôte.

— Merci aussi, Sean. Vous savez pourquoi ?

Il eut un sourire amer.

— On ne m'aura jamais autant remercié pour des choses qui m'auront fait aussi peu de plaisir !

Isabelle soupira puis se dirigea vers le perron. Fergus l'attendait et ils allaient rouler dans la nuit. Enfin seuls.

CHAPITRE XIII

Quand ils atteignirent Kimberley, Fergus rangea la voiture à la diable. Il descendit le premier, ouvrit la portière à la jeune fille. Puis, au lieu de lui souhaiter calmement une bonne nuit, il la prit par la main et l'entraîna vers le bureau de Mildred. Il alluma la lumière.

La porte à peine refermée, il se redressa, prit sa respiration et, comme on se jette à l'eau, annonça :

— Je vous aime, Isabelle.

Elle s'appuya à la grande bibliothèque vernie dans laquelle Mildred rangeait les documents importants de Kimberley. Une fantastique sensation de bonheur la submergeait. C'était donc vrai ! Il l'aimait !

Mais quand il s'approcha d'elle et voulut la prendre dans ses bras, elle le repoussa, presque malgré elle.

— Vous m'aimez « comme toutes les femmes », n'est-ce pas ? Et vous allez m'embrasser comme toutes les autres !

Il éclata de rire puis redevint sérieux.

— Je vous aime comme ma femme. Et je

vous embrasserai comme ma femme. L'unique entre toutes.

Il fit à nouveau un pas vers elle et la prit aux épaules. Elle se laissa aller contre le tweed rugueux de son veston. Il sentit qu'elle tremblait.

— Isabelle, Isabelle my love, tout est fini maintenant avec Sally. Tout est simple, Isabelle, si vous le voulez ! Quand vous le voudrez. Isabelle... Oh, vous me faites dire n'importe quoi... Il lui caressait les cheveux. Sa main était dure, forte et douce. Elle eut un long frémissement de bonheur et se serra contre lui. Il prit alors son visage entre ses mains et l'attira vers lui ; il l'embrassa avec tendresse, sans brusquerie. Un baiser presque chaste.

Isabelle, éperdue, lui rendit son baiser. Ils restèrent ensuite l'un contre l'autre, sans parler, sans même plus s'embrasser. Ils savaient que jamais au monde ils ne retrouveraient ce moment-là. Ils le prolongeaient.

Puis il prit de nouveau ses lèvres. Mais cette fois le baiser embrasa le cœur et le corps d'Isabelle. Elle crut perdre la tête. Elle sentait son cœur battre à tout rompre.

— Je vais mourir, dit-elle, c'est trop fort...

Il l'étreignit d'encore plus près. Il sentait son parfum léger et la palpitation du jeune corps contre le sien.

— Isabelle, Isabelle mon amour...

— Et moi qui pensais m'en aller, Fergus... Tu sais, je voulais dire tout à l'heure à ta mère que je partais. Je ne voulais plus rester à Kimberley.

Je voulais te quitter, tout quitter. Fergus, Fergus, pourquoi m'as-tu fait si mal ?

Sans lâcher Isabelle, il fixa le plafond. Sa réponse se fit attendre, comme s'il pesait ses mots.

— Je ne pouvais pas faire autrement, tu le sais bien.

— Si. Tu pouvais m'expliquer... me faire rentrer en France.

— J'ai essayé. Pardonne-moi.

— Je t'aime.

— Moi aussi je t'aime, Isabelle. Depuis le premier jour. Depuis que je suis monté dans la voiture avec Tom. Tu étais belle comme le jour. J'ai senti, dans les secondes qui ont suivi, que ma vie allait changer. Aussi vrai que je m'appelle Fergus Finnegan !

— Je t'ai détesté, moi, mais trop tard. Et je ne pouvais pas te détester beaucoup. Oh, Fergus, comme je t'aime !

— Je me le suis longtemps demandé ! Tu ne pouvais pas m'aimer. C'était impossible. A cause de Kean O'Reilly. A cause des McConnell. A cause de tout ce que tu sais...

— Je ne sais pas. Je ne sais plus rien. Sinon que je t'aime. Comme une folle !

Elle éclata de rire. Puis elle se jeta dans ses bras en pleurant. Mais de bonheur, cette fois.

— Je t'aime depuis toujours. Je t'ai vu, une nuit à la clinique. Tu dormais dans le fauteuil. C'était bien toi, n'est-ce pas ?

Il rit à son tour.

— Oui. Je n'aurais permis à personne de te

veiller cette nuit-là. J'ai eu tellement peur, tu sais ! Mais je ne savais pas que tu m'avais vu...

Isabelle s'arracha soudain aux bras du jeune homme. Le buste rejeté en arrière, elle s'appuya à la bibliothèque. Elle lut son désir dans ses yeux, s'éloigna un petit peu.

— Fergus, il ne faut pas. Nous n'avons pas le droit.

— Ce droit, je l'ai gagné, Isabelle.

La réponse avait claqué comme un coup de cravache. L'amoureux tremblant de bonheur était en une seconde redevenu l'homme conquérant, sûr de lui, qui franchissait les obstacles et ne se retournait pas. Elle l'aima encore davantage.

— Nous avons failli nous perdre, Isabelle. Et cela m'a été difficile. Je me disais qu'il fallait que je te parle. Qu'il fallait prendre une décision conforme à la parole donnée. Les Finnegan n'ont jamais renié leur parole. Je vais renier la mienne. Pour toi.

Elle avait maintenant de la peine à l'entendre. Il parlait à voix très basse. Et ses paroles n'étaient pas destinées à Isabelle, mais à tous les Finnegan qui ne s'étaient jamais renié, quoi qu'il advienne ; jusque parfois à en mourir.

— Je ne sais pas ce qui va se passer, Isabelle mon amour. Mais je te dis solennellement aujourd'hui que je ne regretterai jamais rien. Que les seuls baisers que tu m'as donnés justifient devant Dieu et devant les hommes tous les reproches que je suis prêt à encourir. Isabelle, la terre peut crouler maintenant. Je sais que j'ai bien fait. Et je sais que je t'aime plus que tout au monde.

Elle se rapprocha de lui et le regarda. Il répéta :

— Isabelle, je t'aime tant.

Puis il releva la tête et s'éloigna d'elle une nouvelle fois. Elle se rendait compte qu'il avait encore bien des choses à lui dire et que rien ne serait clair entre eux tant qu'il ne les aurait pas dites.

— J'étais allé à ce bal hier en voulant rompre. Mais je ne l'ai pas pu. Je voulais la paix à Kimberley. Je voulais que tout rentre dans l'ordre. Je voulais vivre avec Sally. Mais je n'ai pas pu. J'ai été lâche. Et je ne le regrette pas. Quand je t'ai vue aux prises avec David, je me suis rendu compte que rien ni personne au monde ne pourrait se mettre entre nous. Et j'ai frappé mon propre frère.

Elle eut un geste vers lui, comme pour lui dire qu'elle comprenait, qu'elle était avec lui. Mais il poursuivit.

— Et puis Sally m'a fait une scène de plus. Elle voulait des excuses. Cela aussi était intolérable. Je ne me sentais coupable de rien. Je pensais, je savais, au fond de moi, que rien n'est coupable quand on aime comme je t'aime. J'ai envoyé Sally au diable. Je m'en suis fait une ennemie mortelle. Tant pis. Je suis très heureux. Cela me pesait depuis trop longtemps. Mais j'avais peur de te perdre en même temps, Isabelle.

— Tu savais pourtant que je t'aimais ?

Fergus sembla embarrassé :

— Je ne suis qu'une brute de cow-boy irlandais. Je ne connais guère le cœur des femmes. Et je ne savais rien. Rien, en tout cas, qui me permette de dire « elle m'aime ». J'avais peur. A l'instant précis, tout à l'heure, où j'ai dit je t'aime, je ne savais pas encore ce qui se passerait. Mais je savais que c'était le moment ou jamais d'en avoir le cœur net.

Isabelle se jeta à son cou et se blottit contre lui.

— Je t'aime, Fergus, I love you, Fergus, je te love, Fergus. Fergus mon bel amour, Fergus, ô Fergus !

Elle répétait son nom comme une incantation. Fou de bonheur, il la serrait de nouveau contre lui. Incapable de parler maintenant, il la couvrait de caresses lentes. Elle sentit son corps s'émouvoir. Elle sut qu'elle ferait tout ce qu'il lui demanderait.

On frappa à la porte. Sans attendre la réponse, Maureen entra. Elle ne fut pas du tout surprise de les trouver enlacés. Ils s'étaient séparés à la hâte, mais sans pouvoir donner le change. Ils s'en moquaient, d'ailleurs.

— Vous y avez mis le temps, dit Maureen.

— Toi, tu vas avoir affaire à moi, gronda Fergus mi amusé, mi vexé.

Maureen éclata de rire. Elle portait encore sa robe de bal et la fatigue tirait ses traits. Mais elle semblait profondément heureuse du bonheur de son frère. Elle s'assit derrière le grand bureau de Mildred.

— Alors, qu'est-ce qu'on fait, maintenant ?

Fergus eut l'air embarrassé.

— Je suppose qu'il faut faire une annonce officielle ou quelque chose comme ça ?

— On annonce des fiançailles ?

— Non. Un mariage.

Maureen reconnut l'impatience des Finnegan et sourit à la flamme qu'elle voyait dans les yeux de son frère. Il était visiblement pressé d'être l'époux d'Isabelle. Pour le meilleur et pour le pire.

Achevé d'imprimer le 30 juillet 1980
sur les presses de l'Imprimerie Bussière
à Saint-Amand (Cher)

— N° d'Édition : 10675. — N° d'Impression : 1453.
Dépôt légal : 3e trimestre 1980.
Imprimé en France.